sur le toit

Du même auteur au Rouergue

Loeïza - **2001, roman doado.**
En roue libre - **2004, roman doado.**
P'tit mec - **2005, roman Zig Zag (ill. Isabelle Vandenabeele).**
Léonore - **2007, roman doado.**
Trop loin la mer - **2011, roman doado.**

Aux éditions Thierry Magnier

En cas d'absence - **2008, collection Photoroman.**

Née en 1961, **Frédérique Niobey** vit en Bretagne.

Photographie de couverture : © **Théo Gosselin**

www.lerouergue.com

doado

Frédérique Niobey

sur le toit

rouergue

Aux adolescents de l'EREA Louise-Michel, à Quimper.

SUR LE TOIT

Un film de Alix

avec Dek, Eïla, Benjie, Margot, Edmond, Seb,
Tony, Luce, Zélie, Nina, Rozen, Laurie

et sans Flora

Un visage apparaît en gros plan sur l'écran. C'est une fille. Quinze, seize ans. Une frange de cheveux noirs cache son regard. L'image bouge un peu.

La fille se met à parler, sa bouche s'ouvre et se ferme, elle articule des mots. On n'entend rien.

Un autre visage apparaît sur l'écran. C'est encore une fille. Quinze, seize ans. Elle rit. Son appareil dentaire brille dans sa bouche. Elle se met à parler. Sa bouche s'ouvre et se ferme, elle dit quelque chose. On n'entend rien.

Et puis d'autres visages apparaissent, un à un, en gros plans presque flous. Ils font face, regardent, disent quelque chose. Leurs bouches s'ouvrent et se ferment. On ne les entend pas.

Visages de jeunes. Éloignés, rapprochés, fondus, mêlés.

Un œil se plisse, un bout de nez se fronce, noir sous un bonnet blanc. Une mimique. Un sourire, un rire. Des yeux se ferment. D'autres s'ouvrent grands, trop maquillés. Une tête bouge, des cheveux longs flottent, une bouche très rouge sourit. Des lèvres envoient un baiser. Une main rejette en arrière une chevelure frisée, épaisse. D'un côté, de l'autre. Balayage de cheveux, des mèches caressent une joue, frôlent des oreilles. De grands anneaux en argent pendent. Ils effleurent un cou, des épaules. Une bouche hargneuse grimace un sourire et se détourne. Des piercings brillent le long d'une oreille, d'un sourcil. Des cheveux courts sont piqués droits par du gel. Un regard dur, buté, part en vrille. Une main passe de la nuque vers le front sur une tête rasée. Tatouée. Des yeux inquiets vont et viennent sans trop savoir où se poser. Un visage de fille, doux et nu, sourit tranquillement. Un autre, de garçon, s'approche avec un air d'enfant perdu. Il s'approche, s'approche, s'approche encore. Il devient tellement près qu'on ne voit plus que ses yeux. Qui disparaissent. Petit à petit. Se fondent dans le noir.

C'est le noir total.

Et puis apparaît l'image d'une rue la nuit.

Devant la porte d'un immeuble, des silhouettes. Groupe compact, masse mouvante, et sombre. Des têtes se détachent sur le rectangle lumineux de la porte d'entrée. D'autres se tournent, bise à droite, bise à gauche. Des mains se tapent l'une dans l'autre, certaines tiennent des casques de scooter.

L'image se resserre. Ils sont plus d'une dizaine, des filles, des garçons. Ils rient. Ils parlent. On les entend. Ça fait comme un murmure. Qui grandit.

T'as pu sortir sans problème ? Attends, on est samedi, si je ne peux pas sortir le samedi, où on va. Tu sais, moi, j'ai zappé mes parents, sinon je serais dans ma chambre. Flora n'est pas là ? Ah voilà Benjie. Salut. Salut. Super t'as apporté ta guitare. Pas question de la laisser chez moi, avec mon père. Ça va être cool, si tu joues. On verra. Je peux te taxer une clope ? Tiens. Flora n'est pas là ? C'est quoi dans ton sac ? Des chips, du coca. Ah ouais, on aurait pu faire un méga pique-nique. Là-haut ? Pourquoi pas ? T'es ouf, toi. T'as mis tes talons ? Oui, pourquoi ? Pour courir c'est pas génial. On va courir ? On sait jamais. On va courir ? Flora n'est pas là ? Pas vue. Tu trouves que ça me va ? Tout te va, toi. Arrête, Dek, t'es soûlant avec ça. Quoi ? Ptt tssch ptt tssch ptt tssch, t'as pas autre chose à dire ? T'y connais rien. C'est sûr, ta langue, là, je la connais pas. C'est du human beatbox. C'est soûlant. Ça fait bien mes cheveux, vraiment ? Mais oui, t'es belle. Personne n'a vu Flora ? C'est pas un peu risqué ? Quoi ? Je sais pas, monter là-haut, tout ça.

Arrête, t'as toujours peur de tout. Ça va pas ? C'est ma mère, elle m'a pris la tête. Oublie, t'es là. J'y crois pas. Quoi ? Regarde le texto qu'il m'a envoyé. Et Flora ? Mais quoi, Flora ? C'est bizarre qu'elle ne soit pas là, non ? Elle va arriver, t'inquiète. Tu peux me tenir ça ? Attends, j'ai un appel. Tu fais quoi ? Je me change. Tu te changes ? Oui, j'ai apporté mes bottes à talons et mon haut que j'aime bien, tu sais. Mais je ne pouvais pas sortir comme ça, ma mère ne veut pas que je les mette. Voilà Tony. Il ne manquait plus que lui. Non, y a Nina qu'est pas là. Et Flora. On va y aller, elles arriveront. Salut. Salut. Salut. Il ne manquait plus que toi. Et Alix ? Alix, elle filme déjà, regarde.

Le garçon qui vient d'arriver tourne la tête, lève la main. Salut Alix. Une voix répond, salut. Et toutes les têtes se tournent vers celle qui filme et qu'on ne voit pas. Alix. Rapprochez-vous un peu, je vais faire une photo de groupe. Les visages se resserrent, les uns contre les autres, cheveux et joues à touche-touche, sourires, attention au petit oiseau, rires. On y va ?

Des pieds chaussés de rangers, des gros rangers noirs, montent des marches. Eh, Alix, attends-nous. Des rires, des bruits de pas résonnent dans un escalier. Chut, faites pas trop de bruit. Rampe d'escalier, murs, carrelage des paliers, portes d'appartements, l'image tressaute d'étage en étage, c'est pas vrai, c'est haut. Des souffles, c'est par où ? La porte, là. Une porte plus petite, un marteau, un verre à briser en cas d'urgence, dedans une clé avec une étiquette, clé du toit. T'as la clé, Alix ? Dans ma poche, prends-la, ouvre. Une main tourne une clé dans une serrure, une autre appuie sur la poignée, des bracelets en argent, très fins, glissent le long du bras, jusqu'au poignet. Vas-y, passe devant. On n'y voit rien. Allume, là, à gauche. Une lumière jaunâtre éclaire à peine une cage d'escalier sombre, étroite, des marches en béton. Une fille en jogging monte en courant, pousse une porte, là-haut, se projette de l'autre côté, attendez, attendez, sur une terrasse, un toit d'immeuble plutôt, avec tout autour et en contrebas la ville dans la nuit. Waouh !

Et la ville dans la nuit, avec ses lumières, glisse très lentement sur l'écran.

Et puis ça tourne, ça tourne, les lumières se brouillent et soudain ça se fixe sur la porte de l'escalier. Les filles, les garçons en sortent. Ils surgissent un à un et sautent sur le toit. Ils rient. C'est génial, ici. On est au-dessus de tout. Je suis le maître du mooonnde… Un des garçons court vers le rebord, s'y appuie, crie. Je suis le maître du mooonnnde…

L'image tremble, s'agrandit. Ils sont tous là, les filles, les garçons, de dos, appuyés au parapet, ombres chinoises plus noires que la nuit.

Zoom. Gros plan limite flou sur une tête. Une voix, celle d'Alix, appelle. Benjie. La tête se retourne. Visage ahuri. L'image glisse, d'une tête à l'autre, la voix appelle, Seb, Laurie, Eïla, Dek, Zélie, Tony, Rozen, Luce, Margot, Edmond, les têtes se retournent.

À nouveau l'image s'agrandit, à nouveau le groupe est entier, de dos, face à la nuit, face à la ville. Un instant ils ne bougent plus. Et puis une fille amorce un mouvement, que les autres suivent. Explosion de la bande au ralenti, ils se détachent les uns des autres, s'éparpillent sur le toit, et se posent, assis, debout, un peu hésitants.

Une des silhouettes saute sur le parapet. Marche dessus. S'arrête et se met à danser. Les pieds, les épaules, la tête bougent sur un rythme inconnu, intérieur. T'es ouf, c'est dangereux. L'image se resserre. On reconnaît la tête rasée entraperçue, le crâne tatoué. Le tatouage est un coquelicot, on le distingue bien maintenant, très rouge. Quelqu'un appelle, eh Dek. La tête se tourne, quoi ? Fais gaffe quand même, t'es tout au bord. On est venus ici pour quoi ? Pour crier sur le toit. Pour faire ce film. Alors moi je crie tout au bord. Filme-moi tout au bord, ils verront que je n'ai peur de rien. Le garçon sourit, remue la tête, toujours sur un rythme à lui, ptt tssch ptt tssch ptt tssch, ses lèvres battent.

Son visage s'installe en gros plan, ptt tssch ptt tssch ptt tssch, et en surimpression apparaît cette phrase : **L'histoire de Dek**.

l'histoire de Dek

On voit maintenant son visage de très près, immobile ou presque. Tu y vas, Dek ? Dek mordille sa lèvre inférieure. Sa main passe et repasse, de la nuque vers le front, sur son crâne nu. Il hésite. Vas-y, Dek. Okay.

Ça commence donc comme ça.

Ptt tssch ptt tssch ptt tssch.

Oui, ça commence comme ça. Par de la musique.

Du son plutôt.

Une déferlante de son dans un garage un après-midi d'été.

J'ai quoi ? Treize ans, l'âge des bascules.

Depuis quelque temps déjà, c'est l'ennui, je traîne le long des murs. À force de traîner, je me retrouve avec d'autres dans le garage de Jeff.

Dehors il fait beau. Un grand carré de soleil et des gosses qui s'arrosent avec des bouteilles au coin d'un bâtiment.

La porte métallique du garage glisse.

Clac.

Fini le soleil.

Fini l'été de vadrouiller dans le quartier, de jouer sur les pelouses.

Finie l'enfance.

Dedans, comme une peur tout à coup.

Comme si tout disparaissait avec ce soleil.

Et je me retiens, je ne sais pas, de sortir ou d'empêcher cette porte métallique de retomber.

Clac.

La porte est fermée. Il fait sombre. Et puis moins.

Jeff s'assoit derrière une table de mixage, tourne un bouton, pousse un curseur.

Des projos s'allument. Ils éclairent un mur d'enceintes, et tout à coup il y a du son.

Oui. Pas de la musique, du son. Un son lourd. Épais. Un son qui cogne. Directement. Au corps, au cœur, à la tête. Dedans ça se met à battre à ce rythme-là. Le sang coule par à-coups, on ne peut pas résister à son flux. La tête ne peut pas résister. Le corps ne peut pas résister. À coups saccadés et répétitifs, ça se propage le long de la colonne. Dans les pieds, dans les bras trop longs, dans les jambes trop longues aussi. Dans tout ce qui a grandi sans m'attendre. C'est comme si mon corps trouvait enfin sa place, là, dans le son. Autour, les autres s'y mettent aussi. Certains ont des canettes à la main. Pas moi. Pas encore. Plus tard. Mon cœur bat, mon corps danse, une nouvelle énergie circule. Qu'est-ce que c'est que cette chose ? Qui prend en entier. Occupe tout l'espace dedans.

Oui. Plus de place pour autre chose. On en pleurerait tellement c'est fort.

Et ça dure. Des vagues de son arrivent. Encore. Encore. Me soulèvent. M'emportent. Je ne m'accroche plus à rien. Je lâche les chiens qui courent en moi. Je ne suis plus. Qu'une vibration. Ça dure. Ça dure. C'est trop.

Et puis le son s'arrête. Plus rien ne me tient. Ça tourne, ça tourne, un vide, je tombe.

J'entends la porte métallique s'ouvrir.

Dehors il fait presque nuit. Presque nuit en été, c'est tard. Les parents ne vont pas être contents.

J'entends les autres dire, on va chercher des bières, on se retrouve.

Ils me regardent. Jeff me dit, toi, c'est bon, tu rentres chez toi.

Je rentre chez moi, je ne peux plus parler, je ne peux plus.

Les parents sont fâchés. Mais je suis passé du côté où ça ne fait plus rien.

Je passe presque tout l'été dans le garage de Jeff.

Et pour aller plus loin dans le son, je me rase la tête.

Ça se passe encore un après-midi.

Une des filles en orbite autour de Jeff apporte une tondeuse.

Au centre du garage il y a un tabouret, je m'assois dessus.

Tout autour, le long des murs, ils regardent tous.

On y va ? souffle la fille, Véra, ou un nom comme ça.

Oui.

D'abord elle coupe au ciseau. Le plus gros. Des mèches tombent par terre.

Le bruit des ciseaux, les cheveux sur le sol, les regards sur moi, je ne bronche pas.

Puis la fille prend la tondeuse. La passe. Sur la nuque. Sur la tête.

La tondeuse avance et des rires résonnent dans ma tête. Des rires méchants.

Les rires de l'institutrice qui tond l'enfant dans *Le Vieil Homme et l'Enfant*.

Un film que je regardais quand j'étais gosse. Je me le passais en boucle. Je le connaissais par cœur.

L'enfant, Claude, part en courant de l'école et rentre chez lui en pleurant. On lui a tondu les cheveux. À cause des poux.

Et ma terreur d'avoir des poux. Pas à cause des poux, à cause de la tondeuse.

C'est le silence dans le garage. On entend juste le grésillement de la tondeuse. Moi, j'entends tout près la respiration de la fille, Véra, un nom comme ça. De temps en temps elle arrête la tondeuse, souffle dessus. Des paquets de petits cheveux s'envolent, retombent par terre.

Comme des graines de pissenlit.

Quand j'étais petit, je soufflais sur les pissenlits fanés pour en faire s'envoler les graines. Ça me fait penser à ça. Mais en plus lourd.

Et puis c'est fini. La fille, Véra, se met devant moi. Elle me regarde. Elle sourit. Elle éteint la tondeuse. Elle dit, voilà, c'est fait.

Autour, loin, le long des murs, ils se lèvent. Les garçons, pas les filles. Ils viennent me toper la main. Je suis debout les pieds dans mes cheveux tombés, les autres défilent un à un, une petite dizaine, tope là.

Il est des nô-ô-tres, il a bu son verre comme les au-au-tres.

Me revient cette chanson qu'on chante aux fins de repas de famille, quand tout le monde a bu et qu'on boit encore.

Il est des nô-ô-tres, il a bu son verre comme les au-au-tres.

Les autres sourient et la musique, le son, arrive, à fond.

Mais quelle tête ça me fait ?

Je me passe la main sur la tête.

C'est un geste que je prends aussitôt.

Je me passe la main sur la tête.

Quand j'étais petit, mon grand-père me passait la main dans les cheveux. Pas sûr qu'il me reconnaisse, maintenant. Il est des nô-ô-tres ?

Dedans, comme une angoisse tout à coup.

Je me passe la main sur la tête.

Crâne d'œuf. Mon crâne, mes os, juste là, derrière la peau.

Mais quelle tête ça me fait ?

La fille, Véra, me demande, ça va ?

Je lui réponds, ça me va ?

Elle sourit. Ça change mais oui, ça te va.

Je bouge un peu la tête, je ne sens plus mes cheveux dans mon cou.

La claque, c'est le soir.

Dans l'entrée de l'immeuble, une voisine me regarde comme si ça n'était pas moi. Un regard sans regard. Un regard indifférent. Elle me connaît bien pourtant. Bonsoir madame Orsain. Elle a un temps d'arrêt, me dévisage, me reconnaît. Elle est surprise. Bonsoir Dek. Elle a un drôle de ton.

Je me passe la main sur la tête. Mais quelle tête ça me fait ?

Je monte les escaliers en courant, j'ouvre la porte de l'appartement.

Ma mère déboule dans le couloir. À sa tête il est arrivé une catastrophe. Elle m'arrête.

Dek, Dek, qu'est-ce qui se passe ?

Rien.

Mais t'as vu ta tête ?

Ben non justement.

Je pousse ma mère pour aller dans la salle de bain. Elle me retient, elle appelle.

Philippe, Philippe, viens voir.

Quoi ? crie mon père du salon où il regarde la télé.

Viens voir, Philippe, c'est Dek.

Au ton, il sent que quelque chose n'est pas comme d'habitude. Il arrive.

Mais quel con, quel con, quel petit con, t'as vu ta tête maintenant ?

Ça commence à faire, cette question. Laissez-moi tranquille. Je pousse ma mère un peu plus et je vais dans la salle de bain. Que je ferme à clé.

Je me retourne vers la glace, je vois ma tête. Et je ne me reconnais pas.

Cette tête-là, cette tête nue, ce serait moi, Dek ?

Non.

Cette tête-là ne colle pas avec moi. Cette tête-là ne me revient pas.

Mais où je suis, moi, maintenant ?

Dek, Dek, où es-tu passé ? Où as-tu disparu, brutalement ?

Dedans, le ventre a des spasmes et dans le miroir la tête tremble de la bouche.

Je m'assois sur le bord de la baignoire, je me mets à pleurer.

Je pleure. Je ne sais pas. Longtemps.

Et puis ça s'arrête. Les larmes s'arrêtent. J'essuie mes joues, je me relève et je me regarde dans la glace. Je me regarde vraiment. C'est la première fois que je me regarde comme ça. Autant. Aussi précisément. Je scrute chaque petite partie du visage.

Et le crâne. Et les oreilles qu'on voit très bien maintenant.

Je me regarde encore, je me regarde longtemps.

Le temps que la mue se fasse.

Le temps d'entrer dans cette nouvelle tête.

À partir de maintenant cette tête-là est la mienne.

C'est moi.

Oui.

Mais un peu nu.

Tout à coup, c'est ça, je me sens nu.

Fragile.

À découvert.

L'air frôle ma peau de trop près.

Peut-on aller dans le monde aussi nu ?

Et les regards, comment dire, les regards glissent sur moi sans s'arrêter.

Les regards me traversent.

Ils ne me voient pas. Ils ne veulent pas me voir.

Ils me rejettent dans la masse de ces têtes rasées qui hantent le quartier.

Je ne suis rien d'autre pour eux.

J'aimerais trouer ces regards.

J'évacue ça dans le garage.

J'évacue aussi cette tension devenue palpable autour de moi depuis que j'ai la tête rasée.

Avec les parents. Mais aussi au collège, avec les profs.

À fond dans le son, je recharge les batteries, je prends de l'énergie pour affronter le monde.

C'est comme si mes sens se réveillaient. Je suis aux aguets.

Et plus rien d'autre n'existe que cette vibration.

Un soir Jeff enlève son tee-shirt. Il fait chaud dans le garage. Torses nus, le son glisse sur la peau. En longs frissons. En ondes électriques. À qui peut-on dire ça, le son en ondes électriques sur la peau ? Jeff enlève son tee-shirt et dans le dos, sur l'omoplate, il a un tatouage. Comme une panthère qui bondit. Peut-être enlève-t-il son tee-shirt pour ça, pour que l'on voie son tatouage. Waouh Jeff. Il danse. Sa panthère bondit avec ses bras qui se lancent.

Et c'est le déclic.
Un tatouage.
C'est ça qu'il me faut.

Ce soir-là, à fond dans la musique, presque en transe, je vois le champ de coquelicots derrière chez mon grand-père. Les herbes hautes et sèches et jaunes. Les coquelicots rouges. Gamin, quand j'étais en colère, je partais courir dans ce champ. J'écartais les herbes, j'avançais, je me frayais un chemin et tchac, tchac, avec un bâton, je faisais voler les coquelicots.

Lorsque je me mets en colère, maintenant, on voit bien les veines qui se gonflent sous la peau de mon crâne. Ma colère enfle, bat, bat, dans la tête et à fleur de crâne. Ma fleur de crâne rouge. C'est beau, ce mot, fleur de crâne, non ?

Dek sourit.

Fleur-de-crâne. Vas-y Alix, zoome, zoome.

Il baisse lentement la tête. L'image se resserre sur son crâne, sur le tatouage, et le coquelicot palpite, là, en gros plan sur l'écran.

Et brusquement Dek est à nouveau sur le parapet, debout, jouant des bras comme un batteur fou.

Ptt tssch ptt tssch ptt tssch, la bouche reprend ses battements.

Dek, t'es fou, descends, t'as vu la hauteur ? C'est dangereux. Ça me donne le vertige, pas toi ? Un peu. Moi, heureusement qu'il y a le muret, quand je regarde vers le bas, ça fourmille le long de mes jambes, je dois agripper mes mains au rebord sinon, je crois que je tombe. Dek, allez, descends, tu nous fais peur.

Dek se retourne, il est maintenant de dos avec toujours ses gestes de bras.

Je suis le prince de la nuit. Ptt tssch ptt tssch ptt tssh, projos ! Et tchac ! Les enseignes des grands magasins clignotent au loin, bleu électrique et rouge clinquant. Je suis le prince des lumières. Feu rouge feu vert, et tchac ! Des phares de voitures glissent, des fenêtres s'allument, s'éteignent, attention ! La ville est une scène qui vibre au son du hard teck.

Attends, attends, c'est trop beau, je prends une photo, je mettrai ça sur mon Facebook.

Une fille surgit, de dos. Une queue de cheval attachée haut lui balaie le cou. Elle tend le bras, un téléphone portable dans la main. Sur le carré lumineux du mobile, on aperçoit Dek, tout petit au bord du vide.

T'as pas du feu ? Attrape. Un garçon lance un briquet, un autre l'attrape, merci. Il allume sa cigarette.

Ils sont plusieurs, assis, debout, allongés. Un des garçons porte à l'épaule une guitare dans sa housse. Il la fait glisser, la pose contre le muret, s'assoit par terre.

C'est étonnant d'être sur ce toit, non ? Oui, c'est cool. On est tranquilles. Et personne ne sait qu'on est là. Comment t'as fait pour sortir de l'internat, toi ? Je suis passée par l'infirmerie. Tu sais, au fond du dortoir, la porte de l'infirmerie, ils oublient souvent de la fermer, tu peux sortir par là si tu te débrouilles bien.

Le garçon assis par terre sort la guitare de sa housse. Il la pose sur ses genoux, se penche sur elle. Son pouce glisse sur les cordes. Tu vas nous jouer quelque chose, Benjie ? Je sais pas. Il fait sonner les cordes une à une, accorde la guitare. Il plaque un accord, un autre. Il écoute.

Ça me plaît bien, moi, cette histoire de film. Oui, c'est une super idée. C'est Flora qui a eu l'idée. C'est toujours elle qui a les idées. C'est pour ça, elle devrait être là. Oui, je trouve ça bizarre, qu'elle ne soit pas là. Oh, t'inquiète, des fois, elle est bizarre, Flora, non ? Tu trouves ? C'est quand elle parle, elle a des phrases… Oui, comme si elle parlait une autre langue, un autre français. On la comprend, oui, on la comprend, mais des fois c'est un peu… je ne sais pas… curieux, non ? Elle ose. Quoi ? Elle ose, c'est tout. Elle ose faire passer des mots dans sa bouche, elle ose parler comme ça lui plaît, elle se fiche de ce qu'on en pense. C'est pas ça, c'est parce que le français, c'est pas sa langue maternelle. Ah bon ? Tu ne te rappelles pas l'accent qu'elle avait au début ? Je ne peux pas me souvenir, je suis arrivé au bahut après elle. Elle vient d'où alors ? On sait pas. De l'est. N'empêche, ça m'épate, t'as entendu comment elle le parle, le français, bientôt mieux que nous. Mmm. Qu'est-ce qu'on va en faire, de ce film ? On va le montrer. À qui ? Où ça ? Je ne sais pas, sur Internet, au bahut… Ça va intéresser qui ? Plein de gens, tu verras. Ou personne. Oh arrête… On entend partout qu'il faut faire quelque chose pour la jeunesse, c'est nous la jeunesse, ils n'ont qu'à commencer par nous écouter. Justement. Quoi ? Je ne crois pas qu'ils ont envie de nous entendre. Sois jeune et tais-toi ! C'est tout ce qu'ils nous demandent. On cherche pas non plus à dire ce qu'on pense. À qui tu veux dire ça ? Mais c'est exactement pour ça qu'on fait ce film, pour parler de nous. Moi, j'ai une idée pour qu'ils nous voient et nous écoutent. On installe des écrans géants un peu partout dans la ville et on passe le film dessus. Vous imaginez ?

Gens de la ville, écoutez
On vous parle, regardez
Nos visages

Le garçon à la guitare s'est mis à chanter, sa main glisse le long du manche, il essaie deux ou trois accords, en sourdine.

Gens de la ville, écoutez
On vous parle, regardez
Nos visages

Ah, ça y est, Benjie est parti. Faut pas qu'on fasse trop de bruit quand même. Ça va, il joue pas fort. Oui, mais on a le droit d'être ici ? Alix a demandé, elle a eu la clé, alors. S'ils nous donnent la clé, ils ne peuvent rien dire. Et qu'est-ce que tu veux qui nous arrive ? On fait rien de mal. Que tu dis, mais eux ? Eux, eux, eux qui d'abord ? Je ne sais pas, les gens de l'immeuble. Oh… Du moment qu'on reste peinards…

Du moment qu'on se fait tout petit, qu'on n'est pas dans les pattes, dans les pieds, dans les bras, qu'on disparaît dans notre chambre

Du moment qu'on ne parle pas trop, qu'on ne réclame rien, qu'on ne pose pas de question

Du moment qu'on rentre à l'heure pile, qu'on se tient bien à table, qu'on n'a pas de problème au bahut

Du moment qu'on ne rit pas bêtement, qu'on ne pleure pas pour un rien, et qu'on n'insiste pas...

Ça t'inspire, Benjie. Il a raison. Il pourrait même ajouter : du moment qu'on n'existe pas. Arrête, Eïla. Mais c'est vrai, des fois on a l'impression qu'il faudrait être là tout petit, sans bouger, sans penser, sans respirer. Comment on peut exister dans ces cas-là ? Et pour qui on existe, d'abord ? Hein, pour qui ?

La fille qui parle est allongée sur le béton, les bras repliés sous la tête. Sa main passe, des cheveux vers le cou. Elle attrape un pendentif, le fait glisser le long d'une chaîne.

Moi, j'ai envie d'exister. Pour moi. Et pour mon frère. Vous voyez ce pendentif ? Ce petit tube avec un grain de riz à l'intérieur ? C'est mon frère qui me l'a offert. Jamais je ne m'en sépare. T'as un frère, toi, Eïla ? Oui, j'ai un frère. Un grand frère. Je l'ai eu d'un coup et je ne l'ai vu que trois fois. Qu'est-ce que tu racontes, Eïla ?

L'image se resserre sur la fille allongée. On ne voit plus qu'elle. On s'en approche encore. On se penche sur son visage, il est un peu brouillé par l'acné, elle sourit. Un appareil dentaire brille dans sa bouche. Je raconte que j'ai un frère qui s'appelle Ali.

Et sur son visage apparaît cette phrase : **L'histoire d'Eïla.**

l'histoire d'Eïla

On ne voit plus maintenant que le visage d'Eïla, et sa main qui triture le pendentif dans le creux du cou. Elle sourit, lèvres serrées, un peu timide. Vas-y, Eïla. J'aime pas, on va encore voir mon appareil dentaire. Allez. Eïla lève les yeux, regarde bien en face et brusquement étire les lèvres, montre ses dents baguées de métal. Vous avez vu ?

Et toi Ali, t'as pas vu ça, encore. Oui, j'ai un frère et il s'appelle Ali. Où es-tu ce soir, frère à la manque ? Que fais-tu ? Quand viens-tu ? Ali, je te parle, réponds. Je te parle souvent, tu sais. Dans ma tête, la voix qui parle te parle, c'est comme ça. Je te raconte tout, mes jours, mes nuits, mes rêves. Et le soir à l'internat, avant de dormir, je me passe et repasse nos images-souvenirs.

Image un, tu es grand, tellement grand. Tu es trop grand pour moi, ou moi trop petite pour toi. J'ai quatre ans. Oui, quatre ans. Je suis encore chez ma mère, chez notre mère je devrais dire. Et tu déboules. Comme ça, d'une autre vie. Ma mère, notre mère dit, tiens, c'est ton frère. J'ai donc tout à coup un frère, un grand frère. Qui sort d'où ? Quand tu repars, je demande à notre mère, mais d'où il vient, lui, ce grand frère et où il habite ? Elle fait une moue, genre je sais pas, genre on s'en fout, une moue, quoi.

Souvenir un, tu restes un soir et une nuit. À table, assis à côté de moi, tu me regardes, tu me souris, tu me dis, tu t'appelles comment, toi ? Eïla. Et toi ? Ali. Ali, quand j'ai su écrire, plus tard, j'ai vu que si on l'écrivait avec un E à la fin, A-L- I- E, c'était l'inverse d'Eïla, E-I-L-A. Il n'y a pas de E à ton nom, je le sais, mais moi en secret je l'écris avec un E. Ça me plaît que nos prénoms s'écrivent avec les mêmes lettres. Ça me plaît que nous soyons frère et sœur par le prénom, à défaut d'être frère et sœur par le nom.

Premier souvenir donc, je te regarde. Notre mère, elle, ne sait pas trop quoi dire, quoi faire. Tu l'as retrouvée sans qu'elle demande rien, tu viens du passé, tu passes, tu passeras toujours, comme un grand coup de vent. Sais-tu seulement ce que tu laisses après ton passage ? Tu déboules, tu ne dis rien, ou presque. Il y a avant, il y a après. Après toi. Après ce frère qui arrive on ne sait d'où, qui repart pareil, sans prévenir, jamais.

Cette première fois, tu dors sur le canapé et puis tu repars. Le matin, avant de partir, tu sors et tu reviens avec ce collier, ce grain de riz dans un petit tube. Tu me le donnes et tu me dis, regarde, c'est ton prénom,

Eïla, qui est écrit là, sur ce grain de riz. Comment ils ont fait ? C'est tout petit. Ah, magie, magie, tu réponds. Puis tu disparais.

Image deux, c'est l'été. Je suis placée chez ma grand-mère, la mère de mon père, qui n'est pas le tien, forcément. Ma grand-mère, pas la tienne donc et tu arrives. Comment tu me retrouves, comment tu me retrouves à chaque fois, je ne sais pas, c'est un mystère. Magie, magie, tu dirais.

J'ai huit ans, cette fois. J'ai huit ans, c'est un été à la campagne, chez ma grand-mère, il ne se passe rien. Je m'ennuie bêtement sur le trottoir, une Barbie dans les mains, et j'entends un bruit de moto vers le bout de la route. Je me lève, je regarde et c'est idiot, je sais, mais avec le soleil qui brille autour de toi, de ta moto, je vois comme un chevalier qui arrive sur son cheval. Waouh. Un chevalier arrive pour me sauver, il va m'enlever, m'emporter loin, loin de tout ça. C'est pas que je suis mal chez ma grand-mère, mais ma grand-mère, c'est pas ma mère, c'est pas mon père. Mon père ne vient plus me voir et ma mère est dépassée. Par quoi, je ne sais pas, je n'ai jamais su, ce qui la dépasse, ce qui l'empêche, de m'élever correctement. C'est ce que lui reprochent les services sociaux, je les entends bien. C'est difficile pour vous d'élever cette enfant seule. Pourquoi difficile pour elle, pourquoi facile pour d'autres, j'ai jamais compris. Mais à huit ans, je rêve de ça, souvent. Quitte à m'enlever à ma mère, qu'on m'enlève complètement, qu'un prince vienne et m'emmène sur son fier destrier. Fier destrier, j'ai lu ça quelque part, dans une belle histoire noble. Et je rêve d'être dans une belle histoire noble. Quand tu arrives sur ta moto dans le soleil, je me dis, ça y est, c'est le fier destrier, je vais être emportée loin de cette vie bringuebalante, je vais entrer dans une autre histoire. Mon cœur bat fort, très fort. La moto s'arrête devant moi, mon cœur bat plus fort encore. Le moteur se met au ralenti, le chevalier descend, enlève son casque et je te reconnais. Tout de suite. Tu n'as pas changé. T'as juste l'air d'un homme, un peu plus, c'est tout.

C'est trop, trop fort pour moi. Je pense à un chevalier, c'est toi qui arrives. Et cette lumière, ce soleil, c'est comme une pluie d'or qui tombe sur toi. Magie, magie. Tu souris, tu te penches, tu m'embrasses. Dedans ça explose. Je te dis, je suis prête, on peut y aller et mon rêve se termine là, je le vois aussitôt à ta tête. Ton visage panique un peu, et tu dis, aller où ? J'insiste mais le rêve s'en est allé. Tu n'es pas venu me chercher ? Oh Eïla, non, c'est pas possible, tu verrais comment je vis, non, ça serait trop difficile pour toi. Je suis venu te voir, passer un moment avec toi, ça fait longtemps qu'on ne s'est pas vus. Oui, quatre ans. T'as vu ?

Je te montre le collier, la chaîne avec le grain de riz. Tu es surpris. Tu l'as encore ? Comme si je pouvais le perdre. C'est la seule preuve que tu existes. Tu souris. Tu répètes, tu l'as encore ? Tu n'en reviens pas. On va faire un tour ? Je ne peux pas partir sans prévenir ma grand-mère. Elle s'affole un peu. C'est qui, mais c'est qui ? C'est mon frère, t'inquiète. Tu as un frère ? Tu tombes du ciel, elle tombe des nues. Oui, oui, j'ai un frère, un grand frère. Tu le connais, t'es sûre ? Mais oui, c'est lui qui m'a offert mon collier.

On part, on roule dans la campagne, je renverse la tête en arrière et les arbres défilent, découpés sur le ciel, un peu flous avec le soleil et la vitesse. L'air frotte mes jambes. Je me serre contre toi. Je me dis, j'ai un frère contre qui je peux me serrer. J'aime bien penser ce mot, frère. Je me serre fort, trop fort, tu crois que j'ai peur, je n'ai pas peur. Je ferme les yeux contre ton blouson en cuir. Un perfecto noir. On roule, on roule et il y a cette odeur du perfecto dans la chaleur de l'été. On roule, on roule, on ne dit quasiment rien et à la fin de l'après-midi, tu me ramènes. Sur le trottoir il y a la Barbie.

Je descends de la moto, tu me regardes dans les yeux, tu dis, je reviendrai, je reviendrai, promis. Tu pars. De dos c'est pas pareil, je me retiens de pleurer. Je regarde la Barbie, je n'ai plus envie d'y jouer.

La troisième fois, j'ai douze ans, et c'est là que je comprends le rythme de nos rencontres. Tous les quatre ans. Je viens d'avoir seize ans. Cette année, je vais donc te revoir. Où ? Je ne sais pas. Mais je t'attends, tu m'entends, je t'attends. Là, ce soir sur ce toit ou ailleurs, je sais que tu me retrouveras.

Image trois, je suis dans un foyer, j'attends un placement. Tu viens et je me dis, il y a quelqu'un dans le monde qui pense à moi, me cherche, me retrouve, je ne suis pas abandonnée, pas vraiment. Même si nos rencontres sont des éclairs. Des étincelles d'amour. J'appelle ça comme ça, nos rencontres. Des étincelles d'amour.

Cette fois-là j'ai donc douze ans et mes seins poussent. J'ai un tee-shirt un peu moulant, et je ne sais pas ce que je veux, cacher mes seins qui poussent, montrer mes seins qui poussent. Je m'en souviens parce que je suis devant le miroir de la salle commune quand l'éduc m'appelle. Eïla, il y a quelqu'un pour toi. Je suis en train de me dire, mes seins se voient, oui, mais pas tant que ça. Eïla, il y a quelqu'un pour toi. Qui ? Il dit qu'il est ton frère. Dedans ça fait comme un grand tour, un grand tour de sang, quelque chose comme ça, tout se mélange. Mon frère, mon frère surgit et est-ce que ça me plaît, finalement, d'avoir des seins ?

C'est plus difficile cette fois à cause du foyer, de la salle commune, de l'éducateur. Pas question de partir se balader. On se retrouve sur le canapé derrière le baby-foot. Il y a ceux qui y jouent, le bruit des tiges qui se cognent, de la balle qui roule, les cris des joueurs, et nous deux assis dans le canapé, côte à côte à les regarder jouer.

Qu'est-ce qu'on peut se dire dans ces conditions ? Je me rends compte que nous ne nous sommes jamais rien dit. Par où commencer ? Tu dis, ça va ? Ça se passe bien pour toi ? Je hausse les épaules, je ne sais pas trop ce que ça veut dire, bien se passer. Et toi ? J'ai du travail. Tu fais quoi ? Livreur de pizzas. C'est bien ? Tu hausses les épaules.

On reste comme ça, assez longtemps, je me blottis contre toi. C'est drôle, tu ne trouves pas ? Quoi ? Qu'on soit frère et sœur, on ne se ressemble pas vraiment. Et là tu dis ta super phrase. Tu dis, si, on se ressemble, on est tous les deux des colis en poste restante avec marqué dessus « Attention fragile » et personne autour de nous ne sait lire l'adresse ni l'étiquette. Waouh. Oui, c'est ça, c'est exactement ça.

Et puis tu pars encore et c'est comme si tu oubliais de refermer la porte, comme si tu laissais tout ouvert derrière toi. Ça fait comme un courant d'air, un grand courant d'air violent, qui balaie sec. Et tu es emporté dans ce courant d'air. Et les portes battent. Et claquent. Depuis quatre ans. Ça fait quatre ans que j'attends que tu reviennes fermer la porte.

Eïla s'arrête de parler. Ses yeux brillent. Son sourire tremble. On s'approche plus près de son visage. Plus près encore. Son sourire emplit l'écran, devient flou.

Dis donc, Eïla... Quoi ? On ne savait pas tout ça. Maintenant vous savez. Ça va être la soirée des révélations. Faut vraiment tout raconter comme ça ? On dit ce qu'on veut. Moi, je ne dirai rien. Oh, Laurie, c'est pas cool. Tu veux pas jouer avec nous ? Non. Tu peux me filmer, Alix, tiens, là, regarde, c'est passionnant, je mange des chips, tu peux me filmer mais je ne raconte pas ma vie. Et sur Facebook, tu fais quoi ? C'est pas pareil. Pourquoi t'es venue alors ? Comme ça, pour voir, je ne savais pas trop, maintenant je sais. T'écoutes tout et tu dis rien, c'est ça ? C'est ça. C'est pas très... C'est pas très quoi ? Je ne sais pas... Tu prends tout, tu donnes rien... Je prends rien du tout. T'as pris une photo de Dek pour ton Facebook. Et alors ? Oh et puis c'est bon, ça me soûle, vos histoires. Laisse tomber, Tony, on verra plus tard. On verra rien du tout. T'as peur, c'est ça ? Laisse tomber, je te dis. T'as peur, dis-le, c'est tout. C'est bon, lâche-moi. Te fâche pas, Laurie. Tiens, file-moi des chips. T'avais apporté du coca aussi, non ? Oui. J'en veux bien. Personne n'a de la bière ? Ou de l'alcool ? Non. Envoie un texto à Nina, qu'elle en rapporte. Nina, ça m'étonnerait. Pourquoi ? C'est pas trop son truc. Flora, alors, envoie un texto à Flora, elle rapportera tout ce qu'il faut. Si elle vient. Elle viendra. Tu sais, Flora… Quoi ? Elle est avec nous mais elle a son monde à elle. Qu'est-ce que tu racontes, c'est quoi, son monde ? Justement on n'en sait rien. Vous savez quelque chose, vous, de sa vie ? Non, c'est vrai, pas grand-chose. Moi non plus. On ne sait même pas où elle habite. Vous vous souvenez, la première fois qu'on l'a vue ? Oui, il neigeait. Elle est arrivée avec la neige. Elle sortait de nulle part, elle sortait de la neige. C'est vrai, on aurait dit une apparition avec son long manteau turquoise. Et son chapeau. N'oublie pas son chapeau, son grand chapeau d'hiver. Avec son look, quoi. Ça faisait une drôle de silhouette, qui grandissait sous la neige. Elle traversait la cour, on ne voyait plus rien à cause de la neige, on ne voyait qu'elle qui approchait, approchait. Tranquille. Oui, tranquille, elle se fichait de la neige. Ou elle aimait ça. Vous vous rappelez ce qu'elle nous a dit, la première chose qu'elle nous a dite ? Elle a dit, je m'appelle Flora. Oui, mais après, la deuxième chose alors. Sans doute un truc bizarre, avec elle… Vous ne vous rappelez pas ? Alix lui a demandé, tu viens d'où ? Et elle a répondu, je viens de loin dans un camion de tristesse. Ah oui, c'est vrai. Et puis elle disait tristesse et elle souriait. Et quand elle a enlevé son chapeau, tous ses cheveux roux sont tombés. Je n'avais jamais vu autant de cheveux roux. Et quand elle les a coupés après. Elle nous a scotchés dès le début. Comme elle parlait, comme elle était. On est tous tombés, dès le début. Comment ça ? Oui, on est tombés. Sous le charme, dans le panneau, par terre, sur la tête, à ses pieds, amoureux. Faut pas exagérer. J'exagère pas, on est tous tombés. Elle était à l'aise, c'est ce qui nous scotchait, elle entrait, elle arrivait dans un groupe et elle était à l'aise. Oui, d'ailleurs la première chose qu'elle a dite, finalement, c'est, bonjour tout le monde, où est-ce que je peux poser mon manteau ? Son long manteau turquoise. Et quand elle l'a enlevé, elle était tout en noir avec une inscription sur son pull. Ah oui, ce pull qu'elle mettait au début. C'est elle qui avait écrit sur le pull. Ah bon. Oui ça se voyait bien, c'était fait à la main, avec une peinture à tissu, quelque chose comme ça. Turquoise. Comme son manteau. C'était écrit quoi, déjà ? C'était écrit, ne pas oublier. Ah oui c'est vrai. Même qu'un jour Alix lui a demandé, oublier quoi ? Et elle a répondu, la chaise de chagrin. Toujours ses espèces de phrases bizarres. Oui, c'est des phrases pour Benjie, ça, pour ses chansons. Tu dis ça, mais tu sais que Benjie a vraiment écrit une chanson sur Flora ? Ah bon ? C'est vrai, Benjie ? Tu nous la joues ? Allez…

Dans l'ombre du muret, on distingue les formes sombres de leurs corps. Deux sont accoudés au parapet et regardent la ville, une fille s'est allongée à côté d'Eïla, une autre porte une canette à sa bouche, un couple s'enlace. Benjie, assis en tailleur, sa guitare contre lui, gratouille. Il hésite. Ses mains effleurent les cordes, on entend à peine.

Tu nous la joues, allez…

Les mains s'affirment, la mélodie aussi, les corps dans l'ombre se redressent, se tournent vers Benjie.

Il neige et toi tu marches vers nous
Le froid le vent et toi tu marches vers nous
Je vois tu viens
Tu marches et tu viens
Est-ce que tu sais que tu avances vers nous ?
Tu traces en pointillés
Un trajet mystérieux, plein de blancs, de silences
Tu viens et tu t'éloignes
Est-ce que tu sens que tu t'éloignes vers nous ?

Tu dis chaise de chagrin et tu ris
Tu dis chambre d'inquiétude et tu ris
Tu dis camion de tristesse et tu ris
Nous perdons l'équilibre

D'autres se sont approchés pendant la chanson. Deux filles. Et Dek aussi. Ils sont tous là maintenant, et quelque chose de commun passe sur leurs visages qui écoutent. Comme une douceur, ou un rêve, ou un souvenir. Ils se taisent. Benjie ne joue plus, ne chante plus, ils écoutent encore. On dirait qu'ils attendent un écho dans le silence.

C'est space. Comme Flora. T'en as beaucoup des chansons comme ça ? Quelques-unes. J'en ai même une, tiens, qui parle de moi. Ça s'appelle la ballade de Benjie. Mais je n'ai que le début.

Les mains de Benjie partent, sur le manche, sur les cordes, le groupe autour se resserre légèrement. Eïla s'appuie contre l'épaule d'une fille. Dek s'accroupit, lui chuchote quelque chose à l'oreille. Elle sort un briquet de la poche de son blouson et le lui tend. Dek se redresse, allume une clope et rejoint les deux assis sur le muret, qui balancent leurs jambes.

Y a rien, y a personne
Il fait nuit, presque minuit, le bled est vide, je marche
Je marche dans le bled vide, c'est la nuit, je m'échappe
Douceur de la nuit, douceur du silence, douceur douleur
Y a rien y a personne
Mon frère dort, mes parents dorment
Ils dorment tous, volets fermés
Pas un rêve ne s'échappe
Pas un ballon ne roule
Pas une pelouse ne bronche

Étrange étranger je marche
Je marche seul, ça change pas
Y a rien y a personne

C'est tout ? Et après ? La suite, je l'ai pas encore écrite, mais je peux vous la raconter.

Lentement, au rythme de l'arpège, l'image se focalise sur Benjie. L'un après l'autre, ceux qui l'entourent disparaissent et ne reste sur l'écran que le visage de Benjie.

la ballade de Benjie (s'accompagne à la guitare)

On ne voit pas grand-chose du visage de Benjie. Il baisse la tête, sa frange tombe dru devant ses yeux, on dirait qu'il les ferme. Relève la tête, Benjie, on ne voit pas tes yeux. Je ne peux pas lever la tête et jouer de la guitare, Alix. Ça ne va pas être terrible si on te voit comme ça. L'image s'agrandit légèrement, cadre Benjie assis, recroquevillé sur sa guitare. On va tenter ça. Regarde-moi de temps en temps, quand même. J'essaierai.

Ce soir-là, j'ai ma guitare sur le dos et la clé au fond de ma poche.

Je marche et je touche la clé, petite clé plate de verrou, mon pouce passe sur l'arrondi, sur les dents de métal.

J'ai ma guitare sur le dos et sur les étagères des sous-sols endormis ils ont leurs chaussures à crampons. Les crampons claquent sec sur le bitume du vestiaire, les maillots sentent la sueur. Ils les enlèvent, s'essuient le visage avec, ils passent sous la douche, comptent leurs bleus, ils sont des hommes. Tandis qu'une guitare, sport de tapette, si en plus t'écris des textes, oh la la l'autre, il se croit poète.

Je marche avec ma guitare sur le dos, d'autres ont leur sac de sport, chacun son truc, chacun sa route, j'ai l'impression d'errer au hasard mais non, pour une fois, dans la nuit, je marche vers le stade.

Là-bas il y aura un ampli, l'ampli de la sono qui hurle BBBBUUUUUTTT ! Oh ce but, ce but, ce but !

Le stade de foot est vide, le stade vide de mon bled vide, ce soir-là j'ai un stade à moi tout seul.

Pas de tribunes, pas de gradins, le terrain est entouré de rambardes métalliques, on s'y accoude, les supporters ici s'entassent debout, je m'assois moi sur la barre de métal.

Quand j'étais gamin, le dimanche, pendant qu'ils couraient, pendant qu'ils criaient, je m'y pendais par les genoux. La tête en bas, les yeux renversés, presque au ras du sol, c'était drôle, étrange même. Des pieds passaient et repassaient, couraient, piétinaient, l'arbitre sifflait, les supporters se lâchaient, ça s'agitait autour de moi, je ne comprenais rien, le monde marchait à l'envers.

Assis dans la nuit, je ferme les yeux, j'entends.

Tournent et tournent les mots de la troisième mi-temps, celle qui récrit les matchs. But, corner, coup franc, descente, volée, ce sont les mots de mon enfance. Avec ma guitare sur le dos je ne suis pas de la partie, quelle langue parlent-ils donc, que je n'ai jamais apprise ?

Gamin, le dimanche, j'étais hors-jeu.

Mon père jouait, mon frère jouait, ils se regardaient jouer l'un l'autre, tous les deux dans le même trip. J'attendais sur le banc de touche, je ne comprenais rien à rien. Mon père disait, c'est pourtant pas compliqué. Je ne comprends toujours pas.

On est les champions, on agite les drapeaux, les écharpes, les maillots. Je marchais moi sur la ligne blanche qui délimite le terrain, un pied devant l'autre, je faisais attention de ne pas tomber dans les précipices qu'il y a de chaque côté, les loups m'auraient mangé. Les loups ont des maillots numérotés, des chaussures à crampons, ils se roulent dans la boue et se tapent dans le dos.

Ce soir-là, les loups dorment, le stade est vide, je suis seul, ça change pas.

Ce soir-là, les loups rêvent, posters de gloire et coupes dorées, la pelouse est grise dans la nuit, tout ça manque de lumière. Et si je mettais le feu à vos rêves ?

Je souris, j'ai la clé.
Oui mon père, j'ai la clé. Tu n'es pas président du club pour rien.

Le fils du président, un gratteux pas un footeux, par impulsion ce soir-là, sans y penser vraiment, prend la clé au passage au moment de sortir.
Le fils du président sourit, il a la clé dans sa poche et ça manque de lumière.

Je traverse le terrain. Ma guitare bouge dans mon dos, au rythme de mes pas. J'aime la sentir. Ma guitare accrochée là, je ne marche pas seul.

J'ouvre la porte des vestiaires.
Ça sent.
Ça sent la vieille sueur, épaisse et refroidie. Ça sent les égouts, une légère remontée. Les restes de gel douche et de parfums pour homme. Le musc sauvage, qui prend fort le nez.

Noyé dans le musc sauvage, le fils du président, d'un pas calme et décidé, se dirige vers le compteur électrique. Allez, lumière !

Je pousse la porte, celle qui donne sur le terrain, par laquelle sortent les deux équipes, en petites foulées bien serrées. Sous les projecteurs le stade est devenu grandiose.

Qui verra que le stade est éclairé à minuit ? Qui dans le bled endormi aura envie de pisser, regardera par la fenêtre et s'étonnera des lumières sur le stade ?

Je sors l'ampli et la rallonge.

J'aimerais être dans le cercle du milieu, comment ça s'appelle ce cercle où on engage, j'en sais rien, j'aimerais me mettre là mais le câble est trop court.

Je branche le jack de la guitare, j'allume l'ampli, un clac, un léger ronflement, je touche les cordes, il y a du son, cool.

Dans le silence du stade la nuit, les sons se posent autour de moi. Je les entends, bien nets. Ma respiration, la vibration des cordes, le glissement des doigts au passage des accords, je ferme les yeux, les notes s'échappent, je ne les retiens pas. Qu'elles vivent leur vie. Elles sortent de l'ampli, se suspendent dans l'air, s'en vont courir sur l'herbe, dériver sur la pelouse, très très verte avec toutes ces lumières.

La première fois que je touche une guitare, c'est sur la pelouse du lycée.

C'est la fin de l'année, il fait beau, on attend les vacances, on traîne sur les pelouses, Maria est là avec sa guitare.

La douce, l'invisible Maria. Celle qui ne paie pas de mine.

Quelques-uns en riant lui disent, allez Maria, allez, joue-nous quelque chose. Et dans leurs voix on entend le rire, limite la moquerie. Une fille aussi terne, qu'est-ce que ça peut bien jouer ?

Maria nous regarde, elle sourit, tranquillement elle sort la guitare de sa housse.

Déjà là quelque chose nous impressionne.

Et Maria joue.

Et Maria chante.

Qu'est-ce qu'elle joue, qu'est-ce qu'elle chante, j'en sais rien. Mais ça vibre dedans. Comme un écho sourd, lointain, et puis plus vif, qui répondrait.

Je n'ai jamais eu les oreilles et le corps aussi grands.

Quand Maria s'arrête, il y a un silence.

Quelqu'un dit, ouh Maria, tu joues vraiment bien.

Et quelqu'un d'autre, on n'aurait jamais cru.

Et moi je sais que j'aime. Mais je ne sais pas, non, je ne sais pas, si j'aime Maria ou sa musique.

Tout le monde part, je reste là sans rien dire, j'ai jamais trop su parler. Maria continue à jouer, en sourdine, sans chanter vraiment, elle murmure doucement quelques mots pour elle-même. Elle s'arrête, elle me regarde, elle sourit.

Ça m'encourage et je dis, est-ce que je peux toucher ta guitare ?

Je pourrais tout aussi bien dire, est-ce que je peux te toucher ?

Elle me fait signe de la tête, oui, et ce corps de guitare tout à coup contre moi, se cale, sans peine, sans heurt, nous nous ajustons l'un l'autre, c'est exactement ça.

Je gratte un peu les cordes.

Dedans, à nouveau ça résonne.

Et maintenant j'ai une guitare. Elle brinquebale dans mon dos. J'avance, je marche, elle m'accompagne, la vie est moins compliquée.

À la maison ça se complique.

Comment ça, tu veux une guitare, qu'est-ce que c'est que cette lubie ? Et puis t'écriras des chansons, tu te feras pousser les ongles, et peut-être même les cheveux, si c'est ça être un homme. Non.

Je travaille tout un été pour me payer ma guitare, et ce soir, tu vois, je joue là, dans ton stade, je piétine ta pelouse et je t'emmerde, mon père.

Je sors enfin tous ces sons qui n'ont pas droit de cité, à la maison tu imposes, arrête un peu ta musique.

Tu vas même plus loin.

Un soir à table, les choses familiales se passent toujours à table, tu souris étrangement, on mange et dans ma tête tourne cette question, mais c'est quoi ce sourire ?

Au dessert tu dis, je vais vous lire un truc.

Un signal se déclenche, ça clignote rouge en urgence, ta main va chercher sous tes fesses et ça explose dans ma tête. J'ai un cahier, un peu journal intime, j'y écris des chansons, pas des grands textes mais mes textes, et tu tiens mon cahier dans ton mauvais sourire.

T'as pas le droit, t'as pas le droit.

Benjie a des talents cachés, écoutez.

Non, t'as pas le droit, t'as pas le droit.

Tu commences à lire et tout s'arrête. Je n'entends rien, j'entends tout. C'est insupportable. Mes mots à moi dans ta bouche. Tu les prends, tu les mâches, tu les écrases entre tes dents, tu baves dessus, tu les recraches, tout sales et tout piteux. Je les reçois dans la gueule, boomerang en pleine tronche, coup de poing, KO.

Je ne parle plus.

Ni à toi qui te permets tout, ni à ton fils, l'autre, qui rigole franchement, ni à ta femme qui baisse les yeux dans son assiette.

Je ne parle plus.

Mais ce soir, écoute !

Je monte le son, je me laisse aller. La musique, ma musique, trop longtemps retenue, fulgure dans la nuit. S'enrage. S'électrise. Gronde. Écoutez ça, braves gens, je vais crier, je vais rager. Ça s'enflamme, ça rugit. Je crie, je gratte. Ma guitare et moi, corps à corps de furie, ça chauffe. Dans ma gorge, ça se libère. Des cris. Un cri. Un long cri. On pourrait dire pas de chant, pas de chant. Ça m'emplit la bouche et ça jaillit dans la nuit.

Au loin, des phares surgissent.

Les phares s'éteignent sur le parking, une portière claque, je reconnais ta silhouette.

Voici dans toute sa splendeur le président du club de foot.

Tu viens vers moi, je ne bronche pas, c'est ma dernière chance, je pousse le son.

Écoute, écoute, écoute ton fils.

Tu ne cours pas.

Toi qui hurles sur la touche, mais cours, cours, tu vas courir, minable, on va encore perdre, tu ne cours pas. Tu as des plis au front, on ne va pas rigoler, qui t'a prévenu ? Faut dire, dans le lotissement juste derrière les vestiaires, ils ont dû tous entendre. Et plutôt que d'ouvrir les fenêtres, que d'ouvrir les volets, on préfère se calfeutrer et appeler qui de droit.

Tu marches vers moi, au ralenti on dirait, je te regarde en face, vas-y je n'ai pas peur, je ne lâcherai pas.

Tu passes devant moi sans un mot, tu entres dans les vestiaires, le son est coupé net, la lumière disparue. Je me retrouve dans la nuit, sans plus de respiration. Je débranche ma guitare, je la mets dans sa housse, et puis sur mon dos.

Je pars.

Je marche, marche, marche. Où aller, où aller, où aller ? Mes pas se posent sur ce rythme. C'est la balade de Benjie. Où aller, où aller, où aller ?

Où aller ?

Au fur et à mesure qu'il a parlé, Benjie a relevé la tête, et puis s'est arrêté de jouer. L'image s'est resserrée sur son visage. On le voit bien maintenant, et ses yeux aussi, très clairs.

Où aller ? Mais ici, Benjie, sur ce toit. Oui, ici ton père ne viendra pas, ça m'étonnerait qu'il grimpe les marches. Allez, vas-y, Benjie, profite, joue-nous un truc.

Benjie tourne la tête. De la lumière frise sur son profil. Une ligne orangée dessine son front, son nez, sa bouche, son menton, son cou. On ne voit plus rien d'autre de Benjie que ce profil lumineux. Allez, Benjie, vas-y. Vous êtes sûrs ? Oui, allez.

Benjie réapparaît en entier sur l'écran, sa guitare contre lui. Il se redresse un peu, se cale contre le muret. Il fait sonner les cordes. Doucement. Une à une. Il écoute. Tourne légèrement les molettes.

Ses doigts partent sur un arpège. On reconnaît *Stairway to Heaven* de Led Zeppelin.

Très lentement on s'éloigne de lui, et les autres ressurgissent un à un dans l'image.

Au-delà du parapet, on voit la ville. Elle semble immense, étendue jusqu'à la dernière lumière à l'horizon. Le groupe de filles et de garçons est maintenant assis en cercle dans l'ombre du toit. De la lumière flotte sur leurs têtes. Ils paraissent tout petits. On dirait qu'ils sont sur un radeau qui s'accroche à la nuit. On dirait qu'il n'y a plus qu'eux de vivants dans la ville. On entend la guitare de Benjie et tous en chœur au bon moment, ils chantent : « *And she's buying a stairway to heaven…* »

Et ils éclatent de rire.

On entend leurs voix, et le morceau de Led Zeppelin qui continue.

Pas de nouvelles de Flora ? Non, rien. Mais qu'est-ce qu'elle fait ? Elle ne viendra pas. Pourquoi tu dis ça ? Elle serait déjà là, sinon. Renvoie-lui un texto. Encore ? Elle n'a peut-être pas eu l'autre. Tu rigoles ou quoi ? Elle est toujours avec son portable, c'est une accro, elle a eu le message, forcément. Oui, son portable, c'est quelque chose, elle le tient toujours serré dans sa main. C'est drôle, parce qu'elle est libre, sinon. Elle est libre, sauf le portable. C'est à cause de son frère. Quoi ? C'est avec son frère qu'elle est en contact, tout le temps. Et son fond d'écran, c'est une photo de lui. Son frère ? Comment tu sais ça, toi, Rozen ? Elle me l'a dit. Un jour, elle m'a dit, mon portable c'est quelque chose que je ne quitterais pour rien au monde. J'ai tous mes souvenirs dedans, mes musiques, mes photos. Et puis il me relie à mon frère. Regarde, il est beau mon frère, non ? T'en sais des choses. C'est vrai que vous êtes souvent ensemble. Et il serait où, ce frère ? À l'est de l'est comme elle dit. Je suis née dans un pays de l'est, très à l'est pour vous, à l'est de l'est. Son frère est resté là-bas. Ah. Bon, envoie-lui un texto quand même. Okay.

« Tu fais quoi ? On t'attend. Viens. »

Dis donc, c'est calme, la ville, le soir. Oui, calme plat. On n'entend rien d'ici. C'est ce que je disais, y a rien, y a personne, ils dorment tous. Si on pouvait ne jamais s'endormir. Comment ça ? Je ne sais pas, j'ai l'impression qu'avec l'âge, on devient plus lourd, on s'endort plus vite, comme si on était dans un fleuve qui s'épaissit, qui ralentit. Je pense à ça quand je regarde mes parents. Et tout autour de nous est fait pour qu'on entre tranquillement, presque sans s'en rendre compte, dans ce fleuve un peu boueux. Après, on est pris dans le flot, on se laisse ballotter, on ne peut plus rien arrêter. Peut-être qu'on peut en sortir, s'asseoir sur le bord, dire stop. C'est ce qu'on fait ce soir, non ? On est sortis, on est venus là, on se parle. Et après ? Ça va changer quoi ? Peut-être que ça va nous plaire, peut-être qu'on reviendra, peut-être que d'autres feront comme nous, nous suivront sur les toits. Dans certains pays, les gens se retrouvent sur les toits le soir. Ah bon ? Oui, tu sais, les pays où ils ont les toits plats. Des toits-terrasses, ça s'appelle. J'ai même vu une photo, des femmes, je crois que c'est en Iran, le soir elles montent sur les toits, pour crier. Crier quoi ? Crier qu'elles ne sont pas d'accord. Ah bon ? Oui. Pas d'accord de quoi ? Tu sais, en Iran… Quoi ? C'est pas facile pour elles. Des féministes, alors ? Non, je sais pas. Dis donc, faut le faire. Oui. Alors nous, tu vois, qu'est-ce qu'on risque ? On pourrait crier ? T'es fou, toi ! Si, si, on pourrait crier ! T'as pas envie de crier, toi ? Si, des fois. Tu vois. Crier quoi ? Je sais pas. Un grand cri ? Non, non, des mots, des phrases. Quelque chose qu'on leur balance, comme ça, à tous, dans la nuit. Ou à quelqu'un. Comment ça ? Chacun crie quelque chose de particulier à quelqu'un de particulier. Tu crierais quoi, toi ? Je sais pas, et toi ? Faut voir. On s'entendrait plus. Non mais chacun son tour, comme pour le film. C'EST NOTRE VIE, VOUS NOUS ENTENDEZ ? Arrête, t'es folle, on va se faire virer. C'est vrai, ils dorment tous, là, tu vas les empêcher de rêver. À quoi ils rêvent ? Ça serait marrant, ça, qu'on voie leurs rêves, tu vois, comme des images qui flotteraient dans la nuit. Moi, je n'aimerais pas que mes rêves flottent dans la nuit, sous les yeux de tout le monde. Ah oui ? À quoi tu rêves ? Si on criait, peut-être que nos phrases entreraient dans leurs rêves. Peut-être qu'ils nous comprendraient si on entrait dans leurs rêves. Tu crois qu'ils veulent nous comprendre ? T'imagines ce que ça serait si tout à coup la voix de chacun se mettait à parler ? Ce flot qui nous passe à l'intérieur, qu'est-ce que ça ferait si tout à coup on l'entendait ? Ça ferait une belle cacophonie, oui. Ou une symphonie, ça s'accorderait peut-être. La musique qu'il y a en nous. Et en eux. Ça serait terrible. Tu crois ? Oui. Qu'y a-t-il de si terrible dans nos têtes ?

AND SHE'S BUYING A STAIRWAY TO HEAVEN

Ils rient encore.

Attendez, j'ai un message de Flora. Les rires cessent. Une fille se penche vers son portable, posé par terre devant elle. De grands anneaux d'argent se balancent doucement à ses oreilles. Et alors Rozen ? Qu'est-ce qu'elle dit ? « *Mon abri est dans le tumulte, je vous rejoins plus tard.* » Ça, c'est du message ! Mon abri, mon abri, n'importe quoi, comme si elle n'avait pas de maison. Elle ne peut pas parler comme nous ? Le langage texto, c'est clair, c'est pas pour elle. C'est bon, lâchez-la avec ça, elle a déjà assez d'ennuis comme ça. Quels ennuis ? Pourquoi tu dis ça, Rozen ? Pour rien. Toi, tu sais des choses. Oui, t'avais une drôle de voix en lisant le texto, comme si t'avais peur. Qu'est-ce qui se passe avec Flora ? Mais rien. Oh la la, on ne va pas se prendre la tête pour Flora. Benjie, tu connais pas plutôt une chanson d'amour ?

Une fille se lève et se détache du groupe. Elle étend les bras, se met à tourner sur elle-même. Une belle chanson d'amour. Aaaaaaah, Margot et ses amours. Quoi ? Rien, t'es une grande amoureuse, c'est tout. C'est vrai. J'aime l'amour. J'aime être amoureuse.

L'image zoome rapidement sur cette fille qui danse maintenant sur le toit, d'un bord à l'autre. Elle danse et elle chante, on ne comprend pas vraiment ce qu'elle chante. Elle tourne la tête, sourit, sourit largement, chante un peu plus fort, on saisit deux ou trois mots... lèvres... ivresse...

Ça va Margot ? Oui, ça va, oui, mais j'aime, j'aime, c'est si fort que c'est tout juste si je n'aime pas le monde entier, là, autour de moi et jusqu'au loin. L'amour me déborde, il faut que je bouge, il faut que je danse, il faut que je dise... J'aime EDMOND. C'est un secret pour personne. Ça, non. Edmond, tu veux dire quelque chose, peut-être.

Un visage de garçon, noir sous un bonnet blanc, se détourne un peu. Non, non.

Allez, Margot, parle-nous d'amour. Oui, mais Edmond. Quoi, Edmond ? Je ne sais pas s'il est d'accord. S'il rougit, personne ne le verra. Edmond hausse les épaules, il rit. Il se met debout et s'adosse au parapet. Sa peau reflète la nuit.

Margot vient virevolter devant lui, vive, riante. Elle bouge la tête, fait voler ses cheveux, d'un côté, de l'autre. Elle lance ses bras, ses mains, vers Edmond. Dans un demi-tour, elle laisse aller son dos contre le torse d'Edmond, cale sa tête dans le creux de l'épaule. Elle tourne son visage vers lui, le tend légèrement, et sourit. On pourrait raconter ensemble ? Edmond fait une moue. Il se penche un peu vers elle, leurs lèvres se touchent. Okay, vas-y, je suivrai.

Leurs deux visages apparaissent joue à joue. Les cheveux sombres de Margot sur sa peau blanche, le bonnet blanc d'Edmond enfoncé presque jusqu'aux sourcils sur sa peau noire, ils revendiquent le contraste.

Et sur l'écran se dessine un cœur, comme à la craie, qui les entoure. Demi-cœur blanc autour d'Edmond, demi-cœur noir autour de Margot. À l'intérieur du cœur, une main invisible écrit : **L'amour de Margot et d'Edmond**.

l'amour de Margot et d'Edmond

Margot et Edmond tournent leurs visages l'un vers l'autre. On voit leurs profils, face à face, très près l'un de l'autre. Je parle du matin pas comme les autres ? Oui. Leurs visages reviennent de face. Margot sourit, ses yeux brillent. Edmond, lui, est presque grave.

Viens, je vais te montrer quelque chose de beau, me dit Edmond, ce matin pas comme les autres. Il me prend la main, viens. Les autres dorment encore un peu partout dans des duvets. Ne fais pas de bruit. Les cendres, les verres, les fringues, les CD, les portables, les chaussures, la fête est froide. Edmond et moi ne dormons pas, Edmond et moi avons parlé, puis chuchoté au fur et à mesure qu'autour ils s'endormaient. Edmond me prend la main, viens. Nous sortons, c'est un matin pas comme les autres. L'air est intense, la lumière aussi. Nous montons dans la voiture d'Edmond. Nous roulons dans des rues vides, des rues qui ne savent pas que nous y passons, des rues qui ignorent ce matin-là, nous roulons, nous sortons de la ville. Je vais te montrer quelque chose de beau. Le soleil se lève sur un champ de tournesols. Regarde.

J'aime bien venir là, on se sent ailleurs.

C'est vrai, on est loin. On est devant cette vague jaune et verte à contre-jour dans le soleil, c'est vraiment beau. Quelquefois on arrive, comme ça, à s'échapper de la vie. Edmond me prend la main, viens. Et ma main dans celle d'Edmond, je n'aurais pas osé le penser, c'est extraordinaire, je m'échappe encore plus loin. Edmond a de telles mains, si grandes, si noires. La première fois que je vois Edmond, je veux dire vraiment voir, la première fois que je le vois, c'est ses mains que je vois, si longues, si calmes. Il est au téléphone, un peu à l'écart du groupe, il penche la tête, il parle doucement, il sourit. Et j'ai tout à coup envie, envie d'être dans ses mains, envie d'être à l'autre bout du fil.

Ma main dans celle de Margot, quelque chose me traverse, quelque chose comme : ça doit être vif de courir avec elle.

Les tournesols sont jaunes, leurs tiges vertes, le ciel est bleu, Edmond est noir, je suis blanche, il n'y a plus que ces couleurs franches, il n'y a plus rien d'autre. Il n'y a plus de tours, il n'y a plus de boîtes aux lettres défoncées, il n'y a plus de crasse, il n'y a plus de graffitis obscènes, ni d'insultes, ni de crachats. Il n'y a plus les filles et les garçons, la ligne invisible qui les sépare et leurs trajets différents. Tout se déploie en grand, en frais, en clair. Nous marchons. Garde ma main dans la tienne.

Margot a les cheveux fiers et libres.

Nos mains se tiennent et dedans ça remue, ça remue trop, comment contenir ce qui remue, il faudrait, je ne sais pas…

On court ?

On court ? me dit Edmond et j'éclate de rire. Dedans ça se libère, tout sort avec le rire. Je ris, je sens le soleil sur mon visage, c'est un matin, oui, pourquoi pas, à courir et à rire. Je lâche la main d'Edmond, je me mets à courir. Attrape-moi. Les tiges de tournesols bougent un peu au passage, nous disparaissons dedans ou presque. Je cours, je n'entends rien que mes pas, mon souffle, et le léger bruissement des feuilles. Que fait Edmond ? Je me retourne, il cueille des tournesols, je souris, je cours. Edmond me rattrape, je le sens, sa main sur mon épaule, touchée. Je m'arrête, je souffle, je respire, je me retourne, Edmond lève sa main dans le soleil, il l'ouvre, des pétales jaunes dansent au-dessus de moi, et puis retombent, sur mes cheveux, sur mes vêtements. Nous rions. Nous rions face à face, et nos yeux se regardent, et Edmond se penche, ses lèvres viennent vers moi, elles traversent tout ce qui nous sépare, pour venir vers moi. Sa bouche se pose sur ma bouche, il y a tant de douceur, ses lèvres sont là, contre les miennes, je les sens, et ses bras m'entourent, et mes mains se posent sur ses épaules, sur son cou, sur son visage, et nos peaux se touchent, et nos langues se touchent.

Tout est extrêmement présent.

Et après tout est nouveau, accordé. Nos peaux, le soleil, les tournesols, tu as vu tout ce jaune ? Je prends la main d'Edmond, viens, courons. Et nous courons main dans la main, et nous rions, dedans c'est tellement plein. Nous retrouvons la voiture, nous allumons la radio et il y a cette chanson de L. *Mes lèvres sont mortes à minuit*.

À ce moment-là le monde est juste.

Mes lèvres sont mortes à minuit. Il est plutôt midi, il va falloir rentrer, ça ne va pas être simple. Embrasse-moi, encore une fois. *Mes lèvres sont nées à midi.* Embrasse-moi, que le quartier s'éloigne, que les boîtes aux lettres ne soient plus remplies de tracts racistes, que je n'entende pas les questions qui ne vont pas manquer. Tu as vu l'heure, où tu étais, qui t'a raccompagnée, un garçon ? Je t'interdis, tu m'entends, je t'interdis. Tu étais avec qui ? Pas avec ce black, dis-moi, pas avec lui ?

On pose moins de questions aux garçons.

Tu peux dire noir, maman. Edmond est noir, oui, profondément, d'un beau noir mat, qui fait frémir. Tu peux dire noir. N'aie pas peur de ce mot. N'aie pas peur du noir. Mais maman, tu peux dire aussi Edmond.

Mes lèvres sont nées à midi, Margot chante. Edmond sourit. Bravo, bravo. On entend des applaudissements.

L'image quitte les visages de Margot, d'Edmond, attrape au passage des visages et des mains, mains qui applaudissent, tapent sur les genoux, visages qui rient, brouillés par des cheveux, yeux qui se ferment, bouches qui chantent, *mes lèvres sont nées à midi*, oh, c'est trop beau ça, oh la la.

On passe, rapidement, de visage en visage, de sourire en rire. On surprend la fille aux grands anneaux, Rozen, le regard fixé sur son portable dans le creux de sa main. Une autre lisse ses cheveux, les rattache. Une autre encore, un paquet de bonbons dans la main, mâchouille. On s'arrête sur elle. T'y vas, Laurie ? T'es sourde ou quoi, Alix ? J'ai dit non. Non je ne parlerai pas à ta caméra. On laisse Laurie, on va vers un garçon, assis sur un bloc de parpaings.

Seb. Il baisse la tête. Son regard tombe entre ses pieds. Avec l'index, il dessine quelque chose sur le sol. Seb. Il ne répond pas. Sa tête se penche un peu plus, se replie entre les épaules. Seb. Quoi ? Un cri sourd, tendu. Tu y vas ? Ses épaules remuent. Après eux ? Il relève la tête. Sa bouche tremble. Tout son visage tremble. Attends un peu, Alix.

Il renverse la tête en arrière, s'appuie contre le mur, ferme les yeux.

Et peu à peu son visage se calme. Le tremblement disparaît, les yeux s'ouvrent, la bouche tente un sourire. Il se lève. Okay Alix, on y va.

Il se retourne et comme imprimé sur le dos de son tee-shirt noir un peu flottant, on peut lire : **L'histoire de Seb**.

l'histoire de Seb

Seb est de dos. Accoudé au parapet, il regarde la ville et parle sans se retourner.

L'hiver dernier Andréa m'a embrassé et puis elle a disparu.

Andréa, je la connais depuis toujours. Elle est dans tous mes souvenirs. Je ne peux même pas dire, la première fois que je l'ai vue, je l'ai toujours vue.

Comment a-t-elle pu disparaître ?

Les autres disent qu'elle a simplement déménagé. Mais on ne déménage pas comme ça, sans prévenir.

Et pourtant c'est ça.

Un jour l'hiver dernier son appartement a été vide.

Et quelques jours plus tard, il était occupé par une autre famille.

Je ne comprends pas.

Pourquoi est-ce qu'elle n'a rien dit ?

Elle n'a rien dit, elle m'a embrassé.

La veille de son départ.

C'était un signe, maintenant je le sais, elle me disait au revoir.

On est descendus sur le banc comme tous les soirs, avant le repas. On avait cette habitude.

Quand il faisait trop froid ou qu'il pleuvait, on s'asseyait en bas des marches dans le hall de son immeuble. On parlait.

Les potes nous laissaient tranquilles, depuis le temps. On n'entendait plus, Oh les amoureux ! Ils avaient laissé tomber. Finalement sont-ils amoureux, on ne les voit jamais s'embrasser, ni même main dans la main.

Je me pose la question.

Étions-nous amoureux ?

C'est quoi être amoureux ?

Moi oui.

Mais Andréa ?

Avant de descendre retrouver Andréa, je me suis regardé dans la glace. Un pschitt de parfum, un coup de gel dans les cheveux, oui, j'étais amoureux.

Elle est arrivée, il faisait doux, elle avait le portable à l'oreille, elle souriait. Il suffisait qu'elle soit là et tout devenait simple.

Oui, j'étais amoureux.

Je me suis levé, elle s'est approchée, nous nous sommes embrassés. Ça a été si vite, je n'ai pas compris sur l'instant. Rien n'était prévu. Dans un coin de ma tête, il y avait bien : plus tard nous nous marierons. Mais je ne voulais pas la brusquer. Nous avions le temps. Même de nous embrasser.

Andréa savait que nous n'avions plus le temps.

Ç'a été si soudain. Elle m'embrassait, je l'embrassais, nous nous embrassions et déjà le moment était passé, nous étions assis sur le banc, moi, un peu abasourdi.

Ça y est, ça y est, nous y sommes.

Ça me transportait et ça m'affolait.

Je ne savais plus quoi dire.

Andréa a pris ma main, et doucement avec son doigt elle a tracé notre signe dans son creux.

@.S.

J'ai souri.

On n'a rien dit.

Je ne peux même pas repasser notre conversation en boucle, on n'a rien dit.

Et puis Andréa s'est levée, moi aussi, elle m'a regardé dans les yeux, m'a embrassé légèrement sur les lèvres. Bye Seb. Bye Andréa.

C'est tout.

Quand j'y pense, bye Seb, c'était pas habituel.

On se disait plutôt, à demain.

Mais ce soir-là, rien n'était habituel, je n'ai pas fait attention. Et puis j'avais le cœur dilaté, j'ai bondi dans les escaliers.

Le lendemain elle n'est pas venue me retrouver sur le banc.

J'ai attendu.

Je lui ai envoyé un texto, je l'ai appelée sur son portable, rien, aucune réponse.

Je suis monté à son appartement, j'ai frappé, personne n'a ouvert.

On n'entendait plus rien derrière la porte.

Je l'ai attendue sur le banc plusieurs soirs de suite. Les potes venaient me rejoindre, me disaient, allez viens, Seb, ne reste pas là, tu te fais du mal.

Les souvenirs se bousculaient, des flashs me passaient par la tête. Andréa.

Dans le creux de ma main, je sentais encore la caresse de son doigt qui traçait notre signe.

@.S.

Nous l'avons posé partout, notre signe. Et maintenant il me rend fou. Je le vois dans trop d'endroits.

Ça a commencé la dernière année de l'école primaire.

Un jour j'ai gravé nos initiales sur le bouleau à écorce blanche de la cour de récré. Andréa a regardé le S+A et elle a dit, il ne manque plus que le cœur autour. Elle a ajouté, les cœurs, c'est un peu cucul, non ?

Ça m'a coupé dans mon élan, parce que moi, le cœur, j'étais prêt à le dessiner.

Et puis elle a dit, ce serait bien d'avoir un signe rien qu'à nous.

On a passé plusieurs mercredis à chercher, on s'est mis d'accord sur celui-là. @.S.

On en a fait un tout petit pochoir et on a commencé à taguer discret.

La première fois on l'a fait sur notre banc. On n'en revenait pas d'avoir osé. On était fiers.

Et ce jour-là, Andréa a dit, maintenant on marquera notre territoire. Chaque fois qu'il nous arrive quelque chose d'important, n'importe où qu'on soit, on estampille, d'accord ? Et tu verras, Seb, un jour on aura couvert le monde entier de notre signe.

On a tagué et les murs du quartier se sont mis à raconter notre vie.

C'était trop.

On s'engueulait pour un paquet de bonbons mal partagé et tout à coup on s'arrêtait, on se regardait, la même lueur passait dans nos yeux, on disait, estampille ! Et on taguait. Vite fait, bien fait. Où on pouvait.

@.S. pour une chute à rollers, un billet de dix euros trouvé sur le trottoir, notre première sortie le soir sans les parents.

Ça sert à quoi maintenant ?

Ça me saute à la gueule, comme si j'ouvrais un album photo. Je passe, je sais, je ne peux pas m'empêcher de regarder, les murs témoignent, je me souviens.

Tout ça ne dit plus qu'une seule chose : Andréa a disparu. Et merde !

ON N'AVAIT PAS FINI DE DÉCOUVRIR LE MONDE ENSEMBLE, ANDRÉA.

Ne crie pas Seb, ne crie pas.

Seb plonge sa main sur le côté, dans une grande poche de son pantalon, et en sort quelque chose qu'on ne distingue pas bien.

Regarde, Alix.

Il s'accroupit, et sur le rebord du parapet, bombe à la peinture jaune sur un morceau de carton.

@.S.

Et c'est pas fini. Je continuerai de marquer le monde avec notre signe et un jour, Andréa le verra et nous nous retrouverons, je le sais.

Seb se décale et recommence, juste à côté.

Et encore.

Rapidement ses mains bombent une ligne entière.

@.S. @.S. @.S. @.S. @.S.

Une silhouette le rejoint. C'est Edmond. Souple, tranquille, il pose sa main sur l'épaule de Seb.

Allez, Seb, allez, c'est bon, quoi.

Seb s'arrête, se redresse. Il est grand. Son corps est déjà celui d'un homme. Un baggy dégouline le long de ses jambes jusqu'aux baskets. Il se penche vers la ville, vers la nuit.

ÇA VEUT DIRE QUOI, ÇA, MAINTENANT, ANDRÉA ?

Seb, non, ne crie, pas, arrête.

Non, j'arrête pas. On a dit crier sur le toit, non ?

Il se retourne, grande carcasse maladroite qui tremble de la bouche.

Allez, venez, venez tous, on va crier. T'es ouf. Si, si, venez, on va crier. On va se faire virer. Par qui ? T'as vu quelqu'un, toi ? T'as vu quelqu'un qui levait le nez pour nous regarder, qui dressait l'oreille pour nous entendre ? Regarde, regarde en bas dans la rue, ils passent. Je crie, ANDRÉA ANDRÉA ANDRÉA, ils s'en fichent ou ils sont sourds, ils passent. Pas un ne s'arrête. Et bientôt avec la nuit ils vont disparaître, ils vont être de moins en moins à passer, on peut crier tout ce qu'on veut. Venez, venez, approchez, on va crier, vous verrez, ça fait du bien.

a a a a ou a ou aaaa

Edmond lance le cri de Tarzan. Seb se tourne vers lui. Il lui sourit.

a a a **a ou a ou aaaa**

Tous les deux ils se tapent les mains, ils rient.

Assis, debout, éparpillés sur le toit, les autres se tournent vers eux, les regardent. Et puis se regardent entre eux, hésitants.

Au ralenti l'image passe sur leur hésitation.

La main de Dek glisse le long de son cou, passe derrière l'oreille, sur la nuque, sur la tête rasée, frotte légèrement le tatouage. Une fille secoue la tête, non. Une autre incline sa tête vers son épaule dégagée. Son pull a glissé et laisse voir une bretelle de soutien-gorge. Elle pose la main sur son épaule, ses doigts jouent avec la bretelle. Benjie, en à-coups répétitifs avec son pouce, fait vibrer la corde mi aigu, ting, ting, ting. Eïla triture son pendentif. Une main fait glisser une bague sur un doigt, enlève la bague, un anneau large en argent, la passe rapidement de doigt en doigt, pouce, index, majeur, annulaire, auriculaire et retour. Rozen tourne sa tête, à droite, à gauche, ses grandes boucles d'argent brillent, remuent, frôlent les épaules. Margot renverse la tête vers le ciel, ses mains passent derrière la nuque, relèvent les cheveux. Un garçon joue avec un briquet, l'allume, approche la flamme de son visage, et puis souffle dessus.

L'image revient sur le toit en plan large et se fixe.

ON Y VA !

Une silhouette noire, entièrement vêtue de noir, rangers noirs aussi aux pieds, arrive brusquement dans l'image. On la voit de dos courir vers Edmond, vers Seb, là-bas debout devant la ville. On devine que c'est Alix, celle qui filme. Elle crie, ON Y VA.

Et c'est le signal.

Ils se lèvent, éléments épars, aimantés, qui se rejoignent. Benjie pose sa guitare, tire sur le bas de son tee-shirt. Mains dans les poches de son blouson, Eïla balance légèrement ses hanches. Une fille un peu lourde, apathique, se décolle avec lenteur et mauvaise grâce. Un portable glisse dans la poche arrière d'un jean.

Ils sont tous au bord maintenant, alignés.

Allez, on crie ? On crie. Chacun son tour, alors. D'accord, chacun son tour. Vous êtes prêts ? Oui, oui.

VOUS ETES PRÊTS ?

OUI !

TROIS, DEUX, UN !

ANDRÉA ANDRÉA ANDRÉA

NE VOUS EN DÉPLAISE J'ÉCRIS DES CHANSONS

FAITES ATTENTION À MOI, JE SUIS FRAGILE

VIVE LE HARD-TECK

J'AIME EDMOND À LA PEAU NOIRE

J'AIME MARGOT À LA PEAU BLANCHE

QU'EST-CE QUE JE FAIS LÀ ? OÙ ÊTES-VOUS CE SOIR ?

VOUS NE VOULEZ PAS ENTENDRE MES COLÈRES ?
SERAI-JE STAGIAIRE À VIE ? POURQUOI JE SUIS SANS TRAVAIL ?
JE VEUX TRACER JUSQU'À MA MÈRE
J'ÉTOUFFE DANS VOTRE MONDE
BIENTÔT VOUS NOUS REGARDEREZ

Ils crient, ils continuent de crier. Et les cris se répètent, se mêlent les uns aux autres, deviennent d'autres cris.

POURQUOI JE SUIS SANS MA MÈRE VOUS NE VOULEZ PAS TRACER JUSQU'À MOI FAITES ATTENTION À MES COLÈRES QU'EST-CE QUE PEAU BLANCHE PEAU NOIRE VOULEZ-VOUS LA PEAU DE MA MÈRE SANS TRAVAIL BIENTÔT VOUS ENTENDREZ LES STAGIAIRES VOTRE MONDE EST FRAGILE NE VOUS DÉPLAISE VOUS LE REGARDEREZ AVEC NOUS J'ÉTOUFFE J'ÉCRIS J'AIME JE VEUX J'AIME JE SUIS JE SERAI

Ils reprennent leur respiration et rient.

Alix tout habillée de noir se retourne, se met à courir, se rapproche rapidement, masque les autres, le toit, la ville, grand sourire, désordre des cheveux, d'une frange qui cache le regard, elle emplit l'écran, et puis disparaît sur le côté.

Regardez en bas ! Quoi ? Nina ! Où ça ? Là, là regarde, elle traverse ! Ah oui, Nina ! Nina, ouh, ouh ! Ils se penchent tous, agitent les mains, les bras, Nina, Nina, ouh, ouh !

Le parapet se rapproche, on bascule, on plonge vers le bas, vertige de la rue, une silhouette lève la tête, fait signe de la main. Elle nous a vus. Ouh, ouh, Nina ! Monte !

La silhouette disparaît dans l'immeuble, l'image reste fixe au-dessus de la rue. Tout en bas, un feu passe au rouge. Dans un abribus un homme laisse tomber son sac à dos et s'assoit. Le vert des arbres bouge, presque irréel dans la lumière des réverbères.

Par contre Flora… Quoi ? Toujours invisible. Ça t'inquiète ? Un peu.

Des images de la ville dans la nuit passent très lentement sur l'écran.

C'est drôle la ville, vu d'ici, vous trouvez pas ? J'avais jamais vu, de si haut. Oui, c'est notre ville et qu'est-ce qu'on en connaît vraiment ? Elle est là, tout autour de nous, comme une peau de béton, elle nous entoure, elle nous contient et on ne la connaît pas. Surtout la nuit. On connaît notre rue. Et encore. Regardez les traînées lumineuses, on voit bien le dessin des grandes rues, comment elles découpent la ville. Comment elles la cloisonnent, tu veux dire. Comment ça ? Regarde là, et là, ça fait presque comme des îlots, détachés de la ville, tellement la rocade qui les entoure est large. Comment tu veux que les gens se mélangent ? Qui traverse la rocade ? Chacun vit dans son petit carré, tourne dans son coin, bien séparé des autres. C'est vrai, ça. Même nous, hein, on a notre territoire, on n'en sort pas. Oui, on passe toujours aux mêmes endroits, bahut, appart, appart, bahut, c'est nos seuls trajets. Comme les chiens, on fait où on nous dit. Arrête. Non mais vous trouvez pas ça bizarre ? On n'a jamais envie de voir la rue d'à côté. On nous dit, le chemin c'est ça, et on le fait, matin et soir, sans dévier. Tu vois, j'habite là, derrière ce bâtiment, eh bien la rue là, qui est tout près, j'y ai jamais mis les pieds. Je m'en rends compte ce soir. On a peut-être peur. Moi des fois oui, y a des rues où j'ai pas envie de passer. On nous fait peur, tu veux dire. Comme quand on est petit et qu'on nous dit, attention de ne pas te perdre. Peut-être mais on a grandi, il serait temps qu'on explore un peu, parce que toujours le même coin à la même heure, ne pas voir plus loin, c'est comme ça que ça commence. Quoi ? L'enfermement. Oh arrête. C'est quoi d'autre ? Regarde là-bas, le centre-ville, on n'y va jamais. T'as déjà vu là-bas ? Et là-bas ? Tu peux me dire ce que c'est que ce bâtiment éclairé en douceur ? La médiathèque. Comment tu le sais ? Je le sais. T'y es déjà allé ? Oui. Toi, Tony, tu vas à la médiathèque ? Oui. J'y crois pas. Qu'est-ce que tu fais à la médiathèque ? Je regarde, c'est un bon poste d'observation, je vois plein de choses. Tu vois quoi ? Par exemple Flora. On se demande où elle habite, eh bien, je la vois souvent passer par là, par le talus qu'il y a derrière. Y a rien par là. Y a juste comme un terrain vague avec des immeubles après. Ceux qui vont être abattus ? Y a plus personne qu'habite ici. Si, je peux te dire qu'il y a du monde, c'est des logements d'urgence. Y a des SDF, des sans-papiers, ma mère fait partie d'un comité de soutien, elle est allée occuper. Et puis il y a le grand squat. Tu vas pas nous dire que Flora habite là. Je ne dis rien, je dis juste que je la vois souvent. Et d'où tu vois ça ? Du premier étage. Tu vas à la médiathèque juste pour regarder du premier étage ? Oui. Et ils te laissent regarder tranquille ? Je me fais discret. T'as intérêt. Moi, j'y suis allée une fois, on s'est fait virer. Pourquoi ? On voulait pas ranger nos portables, on voulait pas regarder des livres, alors on n'avait rien à faire là, c'est ce qu'ils nous ont dit. Pourtant on était bien, il faisait chaud, il y avait des canapés, dehors il pleuvait, on s'est retrouvés sous la pluie. J'aime pas la ville sous la pluie. J'aime bien la ville dans la nuit.

Les images de la ville dans la nuit fondent lentement et à nouveau on voit le toit, comme une grande esplanade, et les immeubles qui l'entourent, et le groupe tout petit, masse de silhouettes noires serrées les unes contre les autres le long du parapet. On entend la voix un peu tendue d'un garçon.

La ville, mais c'est quoi, la ville ? D'accord, elle s'étend loin, on voit à peine ses limites, on la craint un peu, mais c'est rien d'autre qu'un terrain d'aventures. Il faut la prendre comme ça, se jouer d'elle, ne pas se laisser intimider. Il faut se l'approprier, jusqu'au moindre recoin. Elle est à nous aussi. Regardez les immeubles, ils tiennent entre deux doigts, minuscules.

On dirait un jeu de construction, un grand Lego qui dort dans une chambre d'enfant, vous trouvez pas ?

Petit à petit on s'approche du groupe. Le garçon continue à parler.

Quand j'étais gosse, ma chambre était trop petite pour mes constructions en Lego, ça débordait dans le couloir, ma mère râlait. Alors j'arrivais avec un engin de chantier, en Lego lui aussi, et je rasais le quartier du couloir. Pour reconstruire un peu plus tard. Quand j'étais gosse, ma chambre était là-bas. Vous voyez, les immeubles les plus hauts, celui qu'on appelle la tour panoramique, c'était là, ma chambre.

Le garçon qui parle tend le bras, le doigt, vers le lointain.

Maintenant, on se retourne, on regarde à l'opposé, le lotissement derrière le centre commercial, là-bas, vous voyez ? Eh bien, aujourd'hui, c'est là que j'ai une chambre. Dans un pavillon avec famille d'accueil, chien et barbecue. C'est calme. Je suis au calme. C'est ce que m'a dit le juge. Là, Tony, tu seras au calme. Parce qu'entre les deux, je suis passé par le bureau du juge. On ne le voit pas d'ici, il est caché par la mairie, mais c'est juste derrière, dans un immeuble de style, comme ils disent.

Tous ils se sont retournés, ils ont regardé, rapidement, dans la direction indiquée par Tony et puis ils ont repris leur pose, accoudés au muret. Et maintenant ils disparaissent dans du flou. On ne voit plus que le profil de Tony, ses cheveux piqués droits, son diamant à l'oreille.

l'histoire de Tony

Le visage de Tony en gros plan est maintenant de face. Des ombres jouent sur son front. La lumière s'accroche où elle peut. Dans ses yeux. À son diamant. Sur une chaîne en argent aussi, qu'il porte autour du cou.

Ça ne se voit pas, comme ça, à l'œil nu, mais dans la ville il y a pour moi une frontière à ne pas franchir. Une zone interdite. Vous savez, sur les plans, il y a souvent un repère, un rond rouge, « Vous êtes ici ». Eh bien pour moi, c'est l'inverse, il y a un repère, un rond rouge « Vous n'êtes pas ici ». Ou plutôt « Vous ne pouvez plus être ici ».

C'est ce que me dit le juge dans son bureau du centre-ville.

Il me dit, tu ne retournes pas chez ta mère, et d'un coup de crayon il entoure mon quartier sur le plan de la ville. Voilà, périmètre interdit, qu'on ne te voie pas y mettre les pieds, c'est compris ?

Je regarde le plan, le cercle sur le plan, la ville tout autour et oui, je comprends. Je comprends que la ville est grande et le cercle petit. Je comprends que dans le cercle il y a ma rue, mon immeuble, mon appartement, et mes potes, et ma mère. Je comprends que ma vie entière est tout à coup cernée par ce trait au crayon.

Je n'en reviens pas. Je suis né dans ce cercle, j'y ai grandi, j'en ai exploré tous les recoins, c'est mon territoire, il était grand, il est dérisoire. Ridicule. Ça me donne envie de rire. Ou de crier. Les deux à la fois. Ma vie entière tient dans quelques tout petits centimètres carrés coincés entre deux avenues et une zone industrielle. Qu'est-ce que je suis, qu'est-ce que nous sommes, si notre vie occupe si peu de place ? Et pourquoi est-ce que je ne suis pas plus sorti du cercle ? Autour soudain la ville est vaste et inconnue. Je vais habiter où ?

Là. Et le juge fait une croix sur le plan avec son crayon. Un nouveau repère dans la ville, « Vous devez être ici ».

Comment peut-il penser que je vais m'en tenir à cette croix ?

Je sors du bureau du juge et je pars marcher dans la ville.

Je marche. Je marche longtemps sans rien savoir. Et tout à coup je reconnais. Le mur, le PMU, la boulangerie. Si je continue plus loin, il y a le coiffeur. Je n'en reviens pas. L'air est familier. Il suffit de traverser et. Et je m'arrête. Vous savez où je suis arrivé ? Dans l'avenue qui sépare mon quartier de la ville.

Tu ne retournes pas chez ta mère. Les yeux du juge me regardent. Qu'on ne te voie pas y mettre les pieds, c'est compris ? Est-ce que les yeux du juge me verront si jamais je traverse ?

Et je me dis non. Non. Non je ne vais plus me laisser enfermer.

Ni par un juge. Ni par un cercle. Ni par une croix.

Et je pars en courant.

Je me mets à parcourir la ville.

Je vais au hasard, de préférence dans des rues que je ne connais pas. Je marche, je découvre des endroits nouveaux, des noms étranges. Je me les récite en longues listes.

Rue de la Criquette. Rue de l'Écluse-Chette. Rue du Pou-qui-Grimpe. Rue de la Nouvelle-Idée. Rue des Petits-Champs. Rue de l'Éternité.

Je trouve ça beau. Je me dis que chacun de mes trajets écrit un poème.

Rue du Champ-du-Regard. Chemin de Folleville. Rue de l'Écartelé. Allée du Gattesel. Ruelle du Nid-au-Croq.

Esplanade des Chaussonnières.

Ce jour-là, il pleut. Je m'abrite dans l'entrée de la médiathèque. J'attends un peu. La porte coulissante s'ouvre et se ferme dans mon dos. Ça m'agace. Je lève la tête pour voir s'il pleut toujours autant, et là, je vois le moucharabieh. Je vois surtout l'espace entre le toit et le moucharabieh. Et aussitôt je me dis qu'on doit pouvoir se glisser par là et s'installer sur le rebord devant les baies vitrées.

Derrière le moucharabieh.

Moucharabieh, drôle de mot, vous trouvez pas ? C'est tout simplement une grande plaque de métal découpé posée devant les baies vitrées du premier étage de la médiathèque. Et le découpage fait apparaître des lettres, collées les unes aux autres. Toutes ces lettres, est-ce que ça écrit quelque chose ? Je cherche, j'ai encore rien trouvé.

Je reviens le soir après la fermeture. Je grimpe sur le toit, je me glisse entre le bord du toit et le moucharabieh, je me suspends par les mains, je me laisse tomber sur le rebord. Souple et silencieux. Comme j'aime. Je m'assois, un peu recroquevillé contre la vitre, et je regarde par les petits espaces entre les lettres de métal. Je vois sans être vu.

Je souris. J'ai une cachette dans la ville. Un nouveau repère rien qu'à moi. Non pas rouge mais invisible sur le plan. Trouvez-moi, monsieur le juge, « Je suis ici ».

J'y vais souvent. En dehors des heures d'ouverture de la médiathèque bien sûr.

Et, monsieur le juge, vous savez quoi ?

Je ne retourne pas chez ma mère, non. Mais je la vois.

Elle passe sur l'esplanade, vers 19 heures. Elle vient faire le ménage dans les bureaux pas loin. Et elle repasse vers 23 heures quand son travail est fini.

Je la guette.

La première fois, j'ai été surpris. Je ne l'attendais pas. Ça m'a fait drôle.

Elle avait sa jupe bleue avec un gilet que je n'avais encore jamais vu. Et puis elle avait fait couper ses cheveux. J'ai failli ne pas la reconnaître.

J'ai failli crier aussi. Maman.

J'ai accroché mes mains au métal, j'y ai collé mon visage, comme pour me rapprocher d'elle.

Je n'osais plus respirer.

Elle a traversé toute l'esplanade avec son air un peu triste.

Je lui ai dit tout bas, t'inquiète, un jour je reviendrai.

Elle ne m'a pas entendu.

Elle a disparu.

Plein d'histoires comme ça traversent l'esplanade et puis disparaissent.

Quelquefois la nuit, je colle mon visage contre la baie vitrée, et je vois dans la médiathèque étrange, vide, tous ces livres fermés et serrés les uns contre les autres. J'ai bien pensé à y entrer. C'est tentant. Mais y a sûrement une alarme. Et je ne veux pas être découvert.

Personne ne sait que je suis là.

Enfin si. Quelqu'un sait. Flora.

Flora passe souvent par là.

Elle longe la médiathèque et puis elle monte sur le talus derrière, traverse l'espèce de terrain vague et va vers les immeubles. Ceux qui vont être abattus.

Oui, elle passe souvent par là.

Et un jour comme ça où elle traversait l'esplanade, elle a levé la tête. Elle s'est arrêtée et elle a regardé vers moi. Un bon moment. Elle ne pouvait pas savoir que j'étais là, derrière le moucharabieh, elle ne pouvait pas voir mon visage. Comment elle a su ? J'étais là, je m'amusais de la voir, et tout à coup mon portable sonne. Je décroche et j'entends, Tony ? Qu'est-ce que tu fais là ?

Je n'en reviens pas. Je vois Flora sur l'esplanade, son portable à l'oreille et j'entends sa voix, Tony ? Qu'est-ce que tu fais là ?

Rien, je réponds, je regarde.

Comment t'es arrivé là ?

Tu sais bien que je suis un peu acrobate.

Elle rit. J'entends son rire dans le téléphone. D'accord, d'accord, tu es acrobate, mais quand même, comment tu es arrivé là ?

Par le toit, il y a un espace, on peut se glisser.

Tu as trouvé ton espace de tranquillité, alors ?

En quelque sorte.

J'aimerais bien.

Quoi ?

Trouver un espace de tranquillité.
Flora ?
Oui ?
Tu ne m'as pas vu.
Bien sûr. Tony ?
Oui ?
Toi non plus, tu ne m'as pas vue.
Puisque je n'y suis pas.
Elle rit. J'entends encore son rire dans le téléphone. J'aime le rire de Flora, il a un accent.

Ça devient une habitude. Quand Flora passe sur l'esplanade, elle lève la tête, regarde si je suis là. Elle sourit, pose son doigt sur sa bouche. Chut, nous ne nous sommes pas vus.

Tony se tait. Il pose son index sur sa bouche. Qui frémit. Les visages des autres émergent brusquement du flou. Ouh, ça remue. C'est pas rien de venir se raconter devant la caméra. Attends, Alix, il faut que j'expulse, là. Recule, recule, je vais faire une série de saltos.

L'image s'élargit jusqu'à voir le toit dans toute sa longueur et le parapet qui le borde. Tout au bout Tony enlève son blouson, le tend à Edmond. Il se concentre et soudain traverse l'espace dans une série de saltos. Il se rétablit, approche le visage, près, très près, le colle contre l'écran. Super, Tony !

Salut tout le monde !

Et dans l'image, cachant soudain le groupe, surgissent une robe rouge, des collants à rayures et une tignasse. De longs rajouts attachés sur le haut de la tête et qui battent les reins. Un bras tient un djembé coincé contre la hanche.

Salut tout le monde ! Salut Nina ! Salut ! Wah comment c'est trop beau ici ! Je regrette pas d'être venue, jamais vu ça ! T'as vu l'heure ? On t'attendait. Tu faisais quoi ? J'avais du baby-sitting. Tout le monde est là ? Oui. Sauf Flora. Flora, ça m'étonnerait qu'elle vienne. Qu'est-ce que t'en sais ? Je l'ai vue, il y a quoi, un quart d'heure, elle est montée dans une voiture. Et alors ? Et alors, c'était bizarre. Comment ça ? Y avait trois mecs qui étaient là, ils chargeaient des sacs dans une voiture, elle discutait avec eux. Ils avaient l'air de se connaître. Elle discutait comme si elle n'était pas d'accord. Et puis finalement elle est montée dans la voiture avec les mecs et elle est partie. C'était qui ces mecs ? Je sais pas. Peut-être ses cousins. Ses cousins ?

Oui, une fois je l'ai vue dans la rue, avec des gens, sa famille sans doute. Ils avaient tous des espèces de grands sacs en plastique à carreaux, tu sais comme ont les étrangers des fois dans les gares, les aéroports. Ils marchaient avec leurs sacs sur le trottoir. Je lui ai fait salut en passant, elle a à peine répondu, elle ne voulait pas que je la voie, c'est clair. Et après, au bahut, elle est venue me dire, j'étais avec des cousins, j'ai pas envie d'en parler, ça ne regarde personne, d'accord ? Alors c'est peut-être eux, les cousins, que tu as vus. Tu l'as vue où ? J'étais dans le bus pour venir vous rejoindre, je l'ai vue à l'arrêt devant le grand squat. T'es sûre que c'était Flora ? Attends Flora, on ne peut pas la confondre. C'est vrai.

Si on l'appelait ? Comment ça ? Si on criait, comme on vient de crier, FLORA, FLORA. Ah oui !

Et dans la nuit, dans la ville la nuit, éparpillés aux quatre coins du toit, les mains en porte-voix, ils crient.

FLORA FLORA FLORA FLORA FLORA FLORA FLORA FLORA FLORA FLORA FLORA FLORA FLORA

Attendez, attendez, tous ensemble, là.

Ils se rejoignent au centre du toit, forment un cercle, se tiennent par les bras, les épaules, les tailles, et leurs têtes se lèvent vers le ciel.

Un, deux, trois… FLORA !

Ouh, ça dégage !

Ils rient.

On devrait crier plus souvent. Ça fait trop du bien. Comment on expulse, là. Moi, des fois, je cours, ça fait un peu pareil. Ah oui, c'est vrai, ça aussi ça fait du bien. Tu cours, tu cours, tout se brouille, tout va vite, ça va vite dedans, ça va vite dehors, tu penses plus, tu n'entends plus que ta respiration, oui, moi aussi, des fois je cours. Si j'ai de la colère même, je cours encore mieux, je cours bien, et fort, et longtemps. Vous faites quoi, vous, quand vous êtes en colère ? Ça dépend. Ça dépend avec qui. Ou du moment. Des fois, t'as trop envie d'insulter, tu te retiens. Ça reste dedans, ça sort pas, c'est pas facile de tout retenir. Ça étouffe. C'est ça qu'il faudrait arriver à dire. Quoi ? On étouffe. C'est vrai. Moi, c'est à ma mère que j'aimerais dire ça. Tu m'étouffes. Laisse-moi. Je ne veux pas respirer en douce, je veux respirer large. Je ne veux pas, comme toi, avoir peur du grand air, de ce qui souffle dehors. Je veux que mes poumons fonctionnent à fond, et pas à petites bouffées, toutes petites bouffées timides. Je ne veux pas être protégée de l'air derrière des volets rabattus, des fenêtres fermées, des rideaux tirés. Je veux tout ouvrir en grand, voir ce qui se passe dehors, ne serait-ce que la nuit qui vient. Comment lui faire comprendre ? Vous savez quoi ? Si je dis ça, elle va mimer la suffocation, ah j'étouffe, j'étouffe et elle va rire. Oui, mes parents aussi, ils rient. C'est terrible, ils ne se rendent pas compte. Ils rient et après ils s'étonnent, que je ne dise plus rien. Ils s'étonnent ou ça les arrange. Ils peuvent reprendre leur conversation sans être interrompus. Vous croyez que ce soir quelqu'un va s'arrêter de parler, ouvrir une fenêtre et dire, tiens, des ados sont dehors, sur un toit, ils nous disent des choses. Ça m'étonnerait. On dirait qu'ils ont peur. De quoi ? De s'arrêter. De se taire. D'écouter. Qu'est-ce qu'ils ont peur d'entendre ? Notre joie. Ils ont peur de se souvenir tout à coup qu'ils ont été joyeux. Nous nageons dans de l'eau vive et fraîche, ça les ébranle. Moi, je suis venue pour ça, ce soir, pour trouver de l'eau fraîche. Tu leur dis ça, ils rient. C'est rageant. Ça te donne envie de cogner. Même là, faut faire gaffe. Vous savez ce que je fais, moi, quand je me sens limite ? Je prends un marqueur et je jette des gros traits noirs dans des cahiers. J'appelle ça mes cahiers de colère. Vous voulez voir ce que c'est ? J'en ai apporté un, pour le film. Oui, vas-y, montre. Tourne-toi vers la caméra, Luce.

Une fille se retourne, se détache du cercle et approche. Très lentement. Pas après pas. Elle approche et elle parle.

les cahiers de Luce

Quand ma peau ne suffit plus pour garder dessous ce qui me fait palpiter, quand je ne peux plus avaler aucun mot, je prends mon marqueur et je trace. Je trace jusqu'à ce que la colère s'épuise.

Je trace des lignes. Des spirales, des vagues, des éclairs.

Ou des signes. Des croix, des nœuds, des tourbillons.

Ça gratte, ça griffe, ça déchire aussi.

Quelquefois, c'est tout noir.

Ou c'est des bâtons, des petits bâtons, des lignes de bâtons. Je me souviens d'une colère. Le marqueur tombait, le bâton s'écrivait dans une pulsation, tac, tac, tac, rapide, quelque chose crépitait, une levée de bâtons avançait sur la page. Et le cœur battait, le sang battait, les poumons soufflaient, court et dense, petits bâtons les uns à côté des autres, petits soldats en marche, mon armée, ma colère.

Quand c'est fini, en bas de la page, j'écris la date. La date de ma colère. Je l'écris comme on signe un tableau. Je me dis ça. Mes colères sont là, toutes réunies, dans un cahier. Un jour peut-être je les exposerai. On a beau me dire, tu verras ça passera, elles sont là. J'en ai la trace, je ne les oublierai pas. Je ne veux pas les oublier. Et je veux continuer à être en colère. Je me dis ça. Pour rester en vie, reste en colère.

Maintenant Luce est assez près. Avec ses cheveux coupés très très court, presque ras, son visage est à découvert. Une rangée de piercings suit la courbe d'un sourcil. Ses yeux sont maquillés d'eye-liner, épais et noir. Ses paupières tremblent légèrement.

Je vais vous en montrer un.

Ses mains vont chercher sous son pull et rapportent quelque chose comme un livre, un carnet ou un cahier. Elles le plaquent contre la poitrine. À la fois elles le montrent et le tiennent serré. C'est moi, c'est à moi.

Le cahier prend de plus en plus de place sur l'écran. On ne voit bientôt plus que lui, et les deux mains qui le tiennent. Sur sa couverture est écrit *Luce, cahier de colère n° 3*.

Et puis une main ouvre le cahier. En montre l'intérieur, page après page. Des pages noires de colères, saisissantes de vie.

Une dernière page se tourne, on y voit des zigzags, des lignes de zigzags, on dirait un écran brouillé, crypté.

L'image s'agrandit lentement. On voit le cahier dans les mains, on voit Luce, on voit derrière elle et, à côté, les autres qui la rejoignent. Et ils se dressent, les uns à côté des autres, debout, visages immobiles, et calmes tout à coup.

On entend la voix d'Alix.

C'est ça, ne bougez plus. Que l'on nous voie, bien, dans les lueurs de la nuit, la tête haute, fière. Nous sommes ensemble, les uns avec les autres. Nous sommes venus sur ce toit pour nous montrer, nous faire entendre, n'ayons plus peur.

On reconnaît Eïla, Seb, Edmond, Margot, Benjie, Dek, Tony, Luce, Rozen, et Nina avec sa robe rouge. Ils ne crient pas, ils ne crient plus, ils sont là, simplement.

Douze visages, et même celui de Laurie qui ne veut pas raconter. Douze visages doucement déterminés. Dans la lumière ils sont jeunes, ils relèvent la tête.

On entend encore Alix.

Il est temps qu'on nous voie. Ce soir nous sommes beaux. Nous sommes libres. Nos têtes prennent l'air. N'ayons pas peur de nous frotter à l'air. Edmond, enlève ton bonnet, laisse aller tes cheveux crépus et tortillés. Dek, redresse encore un peu la tête, fais tomber le taureau furieux, tatouage en avant, prêt à charger. Et puis sourions. Seb, Laurie, Zélie, souriez, souriez, il y a si longtemps qu'on ne vous voit plus sourire. Allez chercher vos sourires où vous les avez laissés, ramenez-les sur vos visages. Maintenant, je mets en automatique et je vous rejoins. Laissez-moi une petite place, là, sur le côté.

Un visage apparaît sur la gauche de l'image, il se glisse et se pose à côté des douze autres.

On se souvient. C'est le premier visage apparu. C'est la silhouette noire. C'est Alix.

Et tous ils regardent. Ils sourient, fièrement, sans arrogance, nous sommes là. Et quelque chose passe d'une palpitation commune.

Ils restent sans bouger.

Ils restent longtemps sans bouger.

Ça semble interminable.

Et puis ils sourient.
Doucement.
Ils élargissent le sourire.
Encore.
Ils le transforment en rire.
En rire franc. Contagieux.
Ils rient tous.
Ils n'en peuvent plus de rire.
C'est un rire sans frein, qui se déploie.
Un grand rire fou qui s'élève dans la nuit.

Ils reprennent leur souffle.
Ouh, ça fait du bien !

Il y a un mouvement. Alix quitte l'image, d'autres bougent aussi, se détournent.

Non, ne bougez pas, ne partez pas.

Une fille cherche, à droite, à gauche, à les retenir, comme apeurée tout à coup et sa voix sort, urgente, pressante.

Ne me laissez pas, ne me laissez pas seule, restez là, contre moi, autour de moi, tout autour. Mon cœur bat, nos cœurs battent, chacun dans leur coin et tous ensemble, je le sens, je me sens forte, tout à coup plus forte, je tiens debout au milieu de vous qui êtes debout, j'ai du courage, je vais pouvoir parler, restez.

Au fur et à mesure, elle a ralenti le débit. Maintenant elle respire, elle attend.

Les visages reviennent, se recalent autour d'elle, se tiennent, plus serrés encore. Nous sommes là.

La fille regarde, à droite, à gauche. Sourit. Pose ses yeux tranquillisés. Elle se met à parler.

l'histoire de Zélie

J'aimerais sortir de la réserve.

Au début, je me disais ça, j'aimerais sortir de la réserve, être dans le magasin, avec elles, comme elles, les vendeuses.

Maintenant, je me dis, j'aimerais sortir de la réserve pour toujours. Traverser le magasin. Partir.

Qu'est-ce qui m'en empêche ? Si je suis là ce soir, j'aurai peut-être le courage de sortir enfin de cette réserve.

Je m'arrêterai, je regarderai. Tout. Les cartons, les portemanteaux, les fringues, les portants, la table à repasser. Les trois portes, issue de secours, magasin, privé. Les fenêtres trop hautes pour qu'on voie à travers. Je regarderai tout et je me dirai, c'est bon, je pars.

Je me lèverai. Je laisserai tomber le cutter par terre, celui qui ouvre les cartons. Il me tombera de la main. Il n'y aura pas grand-chose à faire, juste ouvrir la main, le cutter tombera. J'irai vers le portemanteau, je mettrai mon blouson, mon petit sac sur le dos et j'ouvrirai la porte. Celle où c'est écrit magasin. Celle que je n'ouvre jamais. Je ne sortirai pas par l'issue de secours, en douce. Non. Je sortirai de l'ombre de la réserve pour entrer dans les lumières du magasin. Dans l'excitation du magasin. Dans l'artifice du magasin. Elles me verront toutes le traverser lentement, presque au ralenti. J'en profiterai au maximum. Et dans ma bouche il y aura les mots qu'elles disent, qu'elles répètent en boucle, je les ai entendues, je les sais, je connais la leçon sur le bout de la langue, je peux la réciter. Le texte à dire est plein de sucre, légèrement écœurant, il met le cœur au bord des lèvres. Mais je pourrai le dire, je crois, sans vomir, tranquillement, pendant que je traverserai tout aussi tranquillement l'espace qui va de la porte de la réserve à celle de la sortie.

Je marcherai droit devant sans dévier de ma trajectoire, elles s'écarteront. Les vendeuses. Les clientes. Elles seront un peu surprises mais elles ne m'arrêteront pas, elles ne le pourront pas, elles sentiront que rien ne peut plus me retenir. Je marcherai dans l'évidence, pour moi, pour elles, tout ira de soi, fluide. Elles tourneront la tête vers moi, me regarderont, peut-être un peu craintives, ou admiratives, ou méprisantes, peu importe. Je passerai dans les sunlights, sans ongles peints, sans hauts talons, avec sur les lèvres un sourire de circonstance. Pas un sourire pour les clientes, tout aussi faux que les mots, mais le mien, le vrai, celui de la victoire, celui de la sortie. Je traverserai ce royaume, ce sera ma révolte, une révolte calme. Je ferai tache en traversant, mon vieux blouson, mon sac à dos, mes tennis, je ferai soleil dans ma tête. À ce moment-là je serai la plus belle. Elles ne comprendront pas. Elles mettront un temps à comprendre. Elles comprendront trop tard. Du coin de l'œil je verrai. Je verrai les couleurs tendance. Orange, rose, turquoise, bleu électrique. Je verrai les clientes fatiguées, angoissées, surexcitées, toutes les mêmes, toutes copies conformes, les gestes ralentis par les sacs à main, les paupières alourdies par le fard. Là, peut-être, elles ouvriront les yeux. Qui c'est celle-là dans notre jeu de quilles ? Du coin de l'œil je verrai ça, mais j'aurai le regard droit devant, tendu vers la sortie et je réciterai. Bonjour madame, nous avons reçu de très jolies robes, pour essayer c'est par ici, je vais voir si j'ai votre taille, ça vous va à ravir, ça vous fait la taille fine, c'est à la mode cet hiver, ça plaît bien, on en a beaucoup vendu, avec un bijou, ça sera parfait, je vous montre les colliers ? Vous payez comment ? Par chèque ? Vous avez une carte d'identité ? Par carte ? Tapez votre code. Je vous offre un coupon pour nos prochaines promotions, merci, au revoir. J'arriverai à la porte, je la pousserai, bonne journée au plaisir. Je laisserai la porte se refermer. Sur le trottoir je clignerai des yeux, il y aura de l'air vif, la lumière sera douce. Je m'éloignerai, je m'envolerai, bye, bye, trouvez une autre stagiaire.

Zélie sourit. Les autres sont toujours autour d'elle, debout, immobiles. On dirait qu'ils rêvent.

Bye, bye.

Oui, bye, bye.

C'est ce qu'on aimerait dire, bye, bye.

Nous sommes libres, nous nous en allons, bye bye.

Vous êtes libres, c'est ce que dit le prof à la fin du dernier cours.

Bye, bye, je claque la porte du bahut, je monte dans le bus, le numéro 2, pour rentrer chez moi. Trente-cinq minutes de parenthèse, trente-cinq minutes de liberté. Je ne suis plus la fille de. Je ne suis plus l'élève de. Je ne suis plus la copine de. Je suis moi. Je n'appartiens qu'à moi. Je peux penser, rêver, m'envoler. Je me tais, je me lâche. Trente-cinq minutes c'est peu. Trente-cinq minutes c'est beaucoup. Bye, bye. La ville passe derrière les vitres, je reconnais ses habitudes, mon corps ici ma tête ailleurs, un jour je partirai. Bye, bye.

Tu partiras où, Nina ?

Je ne sais pas encore. Sur une route à moi.

Silence.

Et dans le silence, on entend le bip d'un message qui arrive.

La fille aux grands anneaux, Rozen, fouille dans sa poche, sort un mobile, regarde.

C'est Flora. Alors ? Qu'est-ce qu'elle dit ?

Elle dit : *« Je suis sur une route d'incertitude. »*

Encore ses phrases étranges. Elle nous soûle avec ça. Qu'est-ce que ça veut dire ? Ça veut dire qu'elle ne sait pas. Elle ne sait pas quoi ? Elle ne sait pas si elle nous rejoint, elle ne sait pas où elle va, elle ne sait pas, quoi. C'est space. Rozen, tu sais quelque chose ? Je sais que Flora et sa famille ont des problèmes de logement, peut-être qu'ils déménageaient quand Nina les a vus. À cette heure-là, avec trois sacs ? Rozen, t'en sais vraiment pas plus ? Pourquoi moi ? C'est à toi qu'elle a envoyé le texto et puis un temps, vous arriviez ensemble au bahut, vous deviez papoter, non ? Les filles, ça papote toujours. On a habité dans le même immeuble. Ah voilà ! Mais Flora ne voulait pas que je le dise. Pourquoi ?

Tous les visages sont tournés vers Rozen. L'image se resserre sur elle. Elle baisse la tête vers son portable, le tripote, regarde le message affiché. Et puis elle relève la tête.

Ça ne lui plaisait pas, au début, qu'on soit voisines. Elle m'évitait. Mais moi, elle m'attirait. Elle montait et descendait l'escalier avec son long manteau turquoise, ses cheveux détachés qui flottaient sur son dos, c'était comme une danse. Comme de la couleur en mouvement. En vibration. Vous savez comme elle est, quoi. J'avais envie d'être dans ce mouvement, avec elle, de danser avec elle, oui. Alors un matin, je l'ai attendue en bas des marches, pour qu'on aille au bahut ensemble. Quand elle m'a vue, tout s'est arrêté. Plus rien n'a flotté autour d'elle. Ni le grand manteau turquoise, ni les cheveux, elle est devenue immobile. C'est la seule fois où je l'ai vue immobile. Complètement immobile. Figée presque. Et elle restait comme ça, quatre marches au-dessus de moi, comme si elle ne pouvait pas les descendre. J'ai souri, je lui ai souri, j'ai dit ce qui me passait par la tête, t'inquiète, je ne dirai rien à personne. Et c'était la bonne phrase. C'était aussi comme un pacte qu'on signait. Et l'autre pacte, passé aussitôt avec moi-même, c'était que je ne lui poserais jamais de question.

Tu peux rien dire de plus, alors ?

Rozen hésite. Ses yeux vont et viennent, on devine qu'elle regarde les autres, un à un.

Je peux parler de la cave, si vous voulez.

l'histoire de la cave

Dans l'immeuble où j'habite, où Flora a habité quelque temps, il y a une sorte de cagibi, entre les caves et la chaufferie, qui ne sert à rien. Comme une malformation, ou un oubli, une petite pièce vide. Avec l'électricité, avec une fenêtre à ras de trottoir, comme les caves, mais pas une cave, non, un truc en plus qui sert à rien. On l'a trouvé par hasard. J'habite là depuis toujours, je ne l'avais jamais vu. J'ai l'habitude de ne pas ouvrir les portes qui ne me concernent pas, et Flora a cette habitude d'ouvrir toutes les portes, au cas où. Une issue de secours, un abri, un danger, elle ne peut rien laisser échapper. On visite donc l'immeuble toutes les deux, je lui dis les noms de ceux qui habitent derrière les portes, on écoute un peu aux portes aussi, ce jour-là. Pour identifier l'atmosphère. C'est Flora qui parle comme ça. Et puis on descend dans les caves. Et tout à coup il y a cette porte. Je n'ai rien à en dire, c'est comme si je ne l'avais jamais vue. Flora appuie sur la poignée, pousse la porte, je dis, non, non, c'est déjà ouvert. Sur rien. Génial, dit

Flora. Je ne vois pas ce qu'il y a de génial. Si, regarde. Quoi ? C'est vide. Et alors ? Et alors si c'est vide, c'est que ça ne sert pas, si ça ne sert pas, ça peut être à nous. À nous ? Oui, à nous deux. Et là je commence à voir ce qu'il y a de génial.

On réussit à y apporter une plaque de mousse et deux coussins, une petite caisse en bois, pas grand-chose, rien à nous, pas d'objets, rien, au cas où. Au cas où la cachette serait découverte. Et on se retrouve là, le plus souvent possible. Flora appelle ça : l'extension intérieure de l'immeuble. Une poche secrète, une bulle d'air et de lumière enfermée dans le noir des caves. Preuve que ça ne sert à personne, on n'a jamais été visitées.

On a un code, on bipe l'autre, deux fois deux bips, on descend, l'autre ne tarde pas. Si ça n'est pas possible, on bipe en retour.

Souvent il fait nuit. L'ampoule pend au bout du fil, la lumière n'est pas très forte. On se recroqueville. On est bien. Ça me fait penser à un énorme ventre avec nous deux à l'intérieur. Et là, on parle, on écoute de la musique. Pas trop fort non plus, il ne faut pas qu'on nous entende, qu'on nous découvre. Flora me fait écouter des voix de chez elle, des chants étranges. Et elle chante aussi, dans sa langue de l'est. Elle me montre une carte de géographie, une carte de son pays. Elle pointe des endroits. Là, tu vois, il y a la chaise de chagrin, assise là devant le désastre, ma maison brûlée. Et là, il y a la chambre d'inquiétude, six mois enfermée avant le passage. Et de là à là, le parcours dans le camion de tristesse, jusqu'à la France.

Des fois Flora me fait répéter des phrases de sa langue, je n'y arrive pas. Elle rit. Si tu devais débarquer là-bas, hein, comme moi je suis arrivée ici, comment tu ferais ? Je la regarde bêtement, elle rit. Mais bien sûr on ne débarque pas dans mon pays comme on débarque dans le tien, n'aie rien à craindre. Tu sais que j'ai appris le français dans la chambre d'inquiétude, en six mois. Je n'avais rien d'autre à faire. Je répétais, je répétais, je lisais. Je lisais Camus à la fin. *L'Étranger*. Qui ça ? Camus, ne me dis pas que tu ne connais pas Camus. Je ne connais pas Camus. Elle rit. Vous les Français, alors ! C'est un écrivain, un grand écrivain français. Je t'en lirai des passages, tu verras. Et une fois, elle m'en a lu à voix haute, avec son accent.

Je l'écoutais et j'avais l'impression que le monde s'ouvrait là, dans cette cave.

Et puis Flora a déménagé.

Rozen s'arrête de parler. Ses yeux brillent. On ne sait pas trop si elle va rire ou pleurer.

Ronde des nuques et des dos. Le groupe est assis par terre, en cercle, et lentement on en fait le tour. Benjie a repris sa guitare.

Qu'est-ce qu'on fait si Flora ne vient pas ? Qu'est-ce que tu veux faire ? Partir à sa recherche ?

La ville, et toi tu disparais
La nuit, une voiture, toi tu disparais

Tu composes en direct, Benjie ? Exactement, je continue ma chanson, en direct live. Tu crois qu'elle part pour de bon ? Elle a dit incertitude, on ne peut pas savoir, ni elle non plus, elle viendra peut-être plus tard. On va pas attendre toute la nuit. Pourquoi ? On est bien, là. Si j'avais su, j'aurais pris mon duvet. Ça sert à rien d'attendre toute la nuit, y a un moment où Flora ne viendra plus, elle croira qu'on est partis. Sauf si elle voit de la lumière. Oui, c'est ça, j'ai vu de la lumière alors je suis venue. Et comment tu vas faire de la lumière, Nina ? J'ai apporté des bougies. Je me suis dit que ce serait beau, des petites flammes sur le toit. On va les allumer, ça fera comme un phare. Tant qu'elles brûlent on veille, on veille sur la ville, on attend Flora. Elle verra peut-être la lueur, de loin, elle saura. T'es à moitié baba, toi.

Un petit sac à dos en toile passe de l'un à l'autre. Nina la baba, ça rime. Ils rient. Tu sais, les babas c'est plus trop d'époque. Chacun leur tour ils penchent leurs têtes vers le sac, en sortent des bougies, les posent devant eux. Moi, c'est mes grands-parents qui étaient babas. Deux ou trois sortent des briquets, allument les petites bougies, toutes rondes et rouges. T'as pas de l'encens ? Les vrais babas ils mettent de l'encens. Du patchouli. Ah non pitié. Ils rient. Les flammes dansent sur les visages. J'ai pas d'encens mais j'ai apporté mon djembé.

Nina cale son djembé entre les jambes, et frappe. Les mains volent, les longs rajouts de cheveux aussi. Elle sourit. Pleinement. Sa robe vibre dans la lueur des bougies, orange, rouge sombre. Vas-y, Benjie, reprends, je t'accompagne.

La ville, et toi tu disparais
La nuit, une voiture, toi tu disparais

Et les mains de Nina battent, longues, souples sur la peau du djembé, toum, toum, toum.

Écoute, Flora, toum toum, toum, c'est notre cœur qui bat
C'est l'appel du toit, c'est l'appel du groupe
Toum, toum, toum, c'est notre message dans la nuit
Tu entends, Flora ?

Et les doigts de Benjie jouent sur les cordes. Et ceux de Nina rebondissent. Dans les flammes des bougies, flammes vives, visages flous, les images se superposent, se mêlent, se fondent. Douce fête. Des ombres jouent sur les sourires, dans les yeux. Léger tourbillon. Margot penche la tête, Edmond l'embrasse dans le cou. Dek fait courir ses mains dans le rythme, sur la tête, sur la poitrine, sur les cuisses. Eïla, les yeux fermés, balance doucement la tête. Seb souffle sur une flamme, la fait vaciller, sans l'éteindre. Une main s'approche, plus près, plus près du feu et brusquement se relève. Zélie, la tête contre l'épaule de Luce, rêve les yeux brillants. Tony joue avec sa clope, avec sa bouche, envoie des ronds de fumée dans l'air. Rozen pianote sur son portable. Une flamme brûle devant un œil.

Toum, toum, toum, le rythme se propage. Deux ou trois tapent dans leurs mains au-dessus de leurs têtes. Margot se lève, claque des doigts et tourbillonne autour des autres qu'elle entraîne. Nina et Benjie jouent à qui mieux mieux, les autres s'élancent de tous leurs pieds, de tous leurs bras, deviennent tout à coup des indiens, une ronde tribale. Les bougies brûlent, tout danse en silhouettes sombres, en feu et rouge, comme dans un rêve.

C'est pas bientôt fini ?

Une voix crie et tout se mêle dans un grand flou. Les flammes, les corps, la nuit et les lumières.

Tout glisse très rapidement. Le toit, le parapet, les immeubles autour, la ville et ses points lumineux, tout est emporté dans un grand mouvement.

Et puis l'image se fixe sur la porte de l'escalier.

C'est pas bientôt fini ?

Un homme est là, qui gueule.

Un homme gueule et soudain tout s'arrête.

Plus de musique, plus de rires.

Qu'est-ce que vous faites ici ? Si vous continuez j'appelle les flics.

Ses mots cognent fort dans le silence du toit.

L'homme se tourne, furieux.

Et toi, tu fais quoi avec cette caméra ? Je t'interdis de me filmer. Je te l'interdis, tu m'entends ?

L'image tressaute, on revient sur le groupe.

Ils sont immobiles, un peu surpris, ils ne savent pas.

Quoi faire, quoi dire.

L'homme crie encore.

Que je ne sois pas obligé de revenir.

La porte claque, on l'entend.

Ils se regardent les uns les autres, un peu étourdis.

Quel con, mais quel con ! Ça se complique. Qu'est-ce qu'on fait ? On n'a pas fini le film. Qui n'est pas passé ? Laurie. J'ai déjà dit que je ne parlerai pas, on ne va pas remettre ça. Tu peux le dire avec le sourire. C'est pas grave, on ira voir ton Facebook. Oh c'est bon ! On en revient à Flora. Ça va être dur de l'attendre plus longtemps, avec l'autre con. Il va revenir. Pas sûr. J'appelle Flora.

Rozen sort son portable de la poche, tapote dessus. Elle le porte à l'oreille, elle attend. Elle sourit.

Flora ? Qu'est-ce que tu fais ?

Rozen penche légèrement la tête vers son épaule, elle écoute et quelque chose passe sur son visage, comme une tristesse.

Flora, je.

Elle s'arrête, appuie sur une touche.

Alors ?

Elle a coupé.

Mais qu'est-ce qu'elle dit ?

Elle a dit « *La PAF nous cherche mais nous ne prendrons pas l'avion de malheur. Nous choisissons de devenir invisibles. Tu peux ouvrir le sac, Rozen.* »

Ça veut dire quoi, ça, encore ?

Ça veut dire qu'elle est obligée de s'enfuir, de se cacher, pour échapper à la police aux frontières, sinon elle va être mise de force dans un avion, expulsée de la France. Ça veut dire aussi que je peux raconter.

Ah, je savais bien que tu savais.

l'histoire de Flora

Rozen est assise par terre, le dos contre le muret, les genoux repliés, enserrés dans ses bras. Elle regarde devant elle, tranquillement, avec douceur. Ça dure. On se demande si elle va parler. Il y a un peu de vent, une mèche de cheveux vient flotter sur son visage. Elle sourit.

Flora, quand elle était ma voisine, elle habitait dans un logement CADA. Centre d'accueil des demandeurs d'asile. Flora, c'est une sans-papiers, une demandeuse d'asile, on croirait pas, hein ? Ça ne lui plaisait pas, au début, qu'on soit dans le même collège et voisines. Elle voulait que rien ne se sache. Elle avait peur que je vous le dise. Elle voulait être française, Flora. Être française, c'était pas habiter dans un logement CADA. Dans l'immeuble on savait, forcément. Dans ce logement-là, ça tournait, ça tournait, au fur et à mesure des régularisations ou des expulsions. Une fois même on s'est mobilisés, tous les voisins, pour empêcher un état des lieux, une expulsion, et ça a marché. Pour la famille de Flora, ça n'a pas marché, ils ont été expulsés. Ils sont allés dans le grand squat. Et maintenant va savoir où ils sont. Flora m'a évitée jusqu'au matin où je l'ai attendue. Nous sommes sorties de l'immeuble et nous avons commencé à marcher vers le bahut. Elle ne disait rien, moi non plus, rien de rien, à côté d'elle je reprenais mon souffle. Et tout à coup elle a sorti un papier de sa poche. Regarde, elle m'a dit.

C'était écrit « Prefektur, Azil ». Prefektur avec un K et Azil avec un Z.

Les passeurs nous ont lâchés dans la ville avec ce papier, simplement ce papier. Heureusement je parlais très bien le français, je l'avais appris en attendant le départ.

Elle a ajouté, Rozen, ces deux mots, Prefektur, Azil, tu les mets dans un sac et tu fermes le sac, d'accord ?

J'ai compris tout de suite ce qu'elle voulait dire. Pas question de parler de ça à quelqu'un.

Rien de ce que tu me diras ne sortira du sac, j'ai répondu.

Alors elle m'a raconté.

Ils sont six. Le père, la mère, trois jeunes hommes, des oncles ou des cousins, je ne sais pas, je n'ai jamais su. Et Flora. Et il en manque un. Le frère. Ils sont arrivés là, dans la ville, éblouis, après un long trajet dans un camion tôlé. Sept jours sans sortir, à sentir la route passer sous les pieds. De temps en temps la porte coulisse, on leur jette des bouteilles d'eau, du pain, quelquefois du jambon, une fois des fruits, des bananes. Comme à des chiens. On n'est pas des chiens, dit Flora. Mais les hommes qui les conduisent ne parlent pas. Elle ne sait même pas en quelle langue leur adresser la parole. Elle le dit dans sa langue, et puis en français, mais rien, aucune réponse. Quelquefois on les laisse prendre l'air. C'est la nuit, toujours. On vide le seau qui pue. Elle essaie de savoir. On est où ? On est loin encore ? Mais les hommes ne parlent pas. Sept jours. Elle les a comptés après, quand elle a vu la date, à l'arrivée. Difficile d'évaluer le temps, les jours, dans le sommeil entrecoupé, dans le noir du camion tôlé. Personne ne dit rien. Ils ne se parlent pas. Il n'y a rien à dire. Et puis un matin, la porte coulissante s'ouvre sur le nouveau monde, sur la lumière brutale, la lumière du jour, enfin. Ils clignent des yeux. L'homme qui les conduit dit : « Allez, vite, vite. » Il jette leurs affaires sur le trottoir, glisse un papier dans la main de Flora. Le papier Prefektur-Azil. Il dit : « Montrer papier à une gens. » Flora ne peut pas s'empêcher de le corriger : « Montrez le papier à quelqu'un. » Le petit paquet sombre de la famille est un peu abruti là, sur le trottoir de lumière et il fait froid aussi. Ils regardent tout autour et déjà le camion tôlé est parti, ils seraient nus, ça serait pareil. Peu de gens, peu de voitures, il est tôt, très tôt. Seule Flora sourit. Venez, suivez-moi. Elle dit ça en français. Elle sent les mots français passer dans sa bouche. Ça lui plaît. Venez, suivez-moi. Et commence pour eux la longue traque des papiers. Et maintenant…

Rozen se tait.

On voit leurs visages qui ont entendu l'histoire de Flora.

On ne savait pas, comment pouvait-on savoir ? Il faut faire quelque chose. On ne peut pas laisser Flora disparaître comme ça. On ne peut pas la laisser toute seule. Il faut la retrouver. Mais elle est où ? Ils se cachent où, les invisibles, comme elle dit ?

Silence.

Et dans le silence on entend encore le bip d'un message qui arrive.

Rozen regarde son portable.

Un texto de Flora.

Alors ? Qu'est-ce qu'elle fait ? Elle vient ?

Rozen appuie sur une touche et regarde encore.

Alors ? Alors ? Vas-y, réponds.

Zoome, Alix, vas-y zoome sur le portable.

Rozen appuie sur une touche et pose son portable par terre. On approche du carré, très lumineux sur le sol. On approche, on distingue des images en mouvement. C'est un film, un petit film.

On ne voit pas grand-chose à vrai dire. Une main, on suppose que c'est la main de Flora, la paume de sa main, passe devant un visage un peu flou. On suppose que c'est le visage de Flora, à cause des cheveux roux. La main passe devant le visage, plusieurs fois, bye, bye. C'est écrit bye, bye dans la paume de la main et la main passe et repasse devant le visage flou.

Le mouvement ralentit, de plus en plus et puis la main s'arrête, se fige.

Bye, bye.

On entend de la musique, on reconnaît la guitare de Benjie, l'arpège de *La chanson de Flora.*

Bye, Bye.

Et sur ces mots qui restent sur l'écran, Benjie chante.

Il neige et toi tu marches vers nous
Le froid le vent et toi tu marches vers nous
Je vois tu viens
Tu marches et tu viens
Est-ce que tu sais que tu avances vers nous ?
Tu traces en pointillés
Un trajet mystérieux, plein de blancs, de silences
Tu viens et tu t'éloignes
Est-ce que tu sens que tu t'éloignes vers nous ?

Noir.

Ouvrage réalisé par
Cédric Cailhol Infographiste.

Reproduit et achevé d'imprimer
par France Quercy à Mercuès
en juillet 2014.

Dépôt légal : octobre 2013
N° d'impression : 40949
ISBN : 978-2-8126-0583-3

Imprimé en France.